살둔마을에
꽃이 피고 시가 되고

살둔마을에
꽃이 피고 시가 되고

한길수 시산문집

봄싹

　사무실 책상에 앉아서 시를 생각하다가 하늘로 오르는 다래나무를 소재로 삼았습니다. 물푸레나무에 기대어 함께 오르는 저 어깨동무의 자세, 발 없는 허공에서 서로 의지하려는 휘어진 몸부림. 더 이상 다래나무를 쓸 수 없고 속만 비우는 느낌이었습니다. 가자, 산골로 가서 다래나무를 들여다보고 속내를 느껴보자, 허공을 좇듯 그렇게 산골살이가 시작되었습니다.

　자연에서 삶은 언어적 소통보다는 정서적 소통이 진실에 더 가깝습니다. 딛고 선 물푸레나무가 부러지면 다래나무는 땅으로 내려와 근처 높은 나무에 기대어 삶을 찾습니다. 때로는 퇴로도 없이 허공에서 함께 오르던 나무가 죽어가는 것을 마주하기도 합니다. 죽은 나무를 버려두고 홀로 세상을 내려와야 할 때가 있는 것입니다.

　몇 해를 그렇게 구불거리다보니 다래나무의 내면이 조금씩 보이기 시작합니다. 어깨동무로 다정했던 다래나무 생각은 휘어졌고 남을 밟고 올라서야하는 허공에서 치열한 생존경쟁이 보이기 시작했습니다. 그러나 물푸레나무는 여전히 단단하고 다래나무도 여전히 허공에서 덩굴로 무성합니다.

산골에서 삶은 공감하는 소통으로도 불편이 없어서 좋습니다. 어디에 편을 두지 않아서 좋습니다. 도시에서 담았던 생각을 저장할 필요가 없습니다. 경쟁자가 사람이 아니어서 그게 더 좋습니다. 휘어지며 허공을 오르는 다래나무의 단단한 겸손을 배웁니다. 살둔 계곡 얼음길을 걸으며 칼바람을 나누어 진 길상호 시인께 고마움을 전합니다.

2019년 9월 살둔마을 가을 초입에서

제3부

'보라'의 자세
버릴 건 버리고 더욱 실하게 여물다

제4부

'하얀'의 성분
얼음 위에서 길을 찾다

오지 귀촌인의
수채화 같은 귀거래사

제1부

'노란'의 거처
생강나무로부터
시작하다

봄이 오나 봄

겨울과 봄 사이는 하루 사이
얼음과 꽃 사이는 햇살 사이
돌멩이와 계곡 사이는 어떤 찰나일까
세월이 살얼음 얼려놓았습니다
돌 던져
풍덩,
낙엽을 깨우고
개구리를 깨우고
퉁가리를 깨웁니다

오이덩굴 지지대 풀고 마른 고춧대 뽑아냅니다
게으름 피우다
그만 얼어버렸던 것들
묵은 고춧대를 뽑아내고 텃밭을 베고 누웠던 검은 비닐 걷어냅니다
겨울 밭고랑 햇살 받아 기어이 깨어나고
풍덩,
지렁이도 굼벵이도 꿈틀

한나절 노동에 땀방울 맺힙니다
흙 묻은 장갑 벗고 냉수 한사발
풍덩,
머릿속이 환해집니다
봄이 오나 봅니다

살둔마을에 꽃이 피고 시가 되고

시의 씨앗

　겨울과 봄 사이는 하루 사이, 얼음과 꽃 사이는 햇살 사이, 돌멩이와 계곡 사이는 풍덩 소리 나는 찰나일까. 겨울이었던 어제가 개울가에 살얼음을 얼려놓았습니다. 얼음에 갇힌 낙엽의 화석은 색다른 풍경으로 봄을 기다리고 있습니다. 얼음을 깨우고, 낙엽을 깨우고, 낙엽 속에 숨어있던 개구리를 깨우고, 깊은 곳에 동면하던 퉁가리를 풍덩, 돌을 던져 깨웁니다.

　오이덩굴 지지대를 해체하고 마른 고춧대를 뽑아냅니다. 작년 가을걷이 때 진작 뽑았어야 했는데 게으름을 피우다 그만 땅이 얼어버렸습니다. 묵은 고춧대를 뽑아내고 텃밭을 베고 누웠던 검은 비닐을 걷어냅니다. 캄캄한 어둠 속에서 겨울을 보낸 밭고랑이 햇살을 받아서 기어이 깨어나고 있습니다. 지렁이도 깨어날 테고 굼벵이도 꿈틀거리며 기지개 켜겠지요.

　한나절 노동에도 땀방울이 맺힙니다. 손에 낀 흙 묻은 장갑을 벗고 냉수한 사발 들이켭니다. 봄기운이 가슴 속을 깨우자 겨우내 입었던 내복이 거추장스럽습니다. 내복을 벗어버리자 다시 깨어나는 듯 홀가분한 기분입니다. 한 무더기 봄바람이 머리칼을 헝클어트리지만 머릿속은 환해집니다. 봄이 오나 봅니다.

'노란'의 거처

생강나무꽃 노랗다.
생각의 끝에서 피는 섬일까.

불현듯 떠난 사월의 그늘
햇살 두어 장,
노란 향기가 지나는 길목에
기도처럼 가지런하다.

사월의 심해에 머물러서
비스듬한 물결에
달빛 둥글게 채우지 못하고

생각 끝에서 피어나는 수줍던 미소
노랗게, 향기로 다녀가는 꿈결

계절을 밀고 온 바람을 필사하면
그대,
아련한 향기와 긴밀해질까.
노란 꽃의 거처는
돌섬에 핀 희망이거나,
계절을 이끄는 바람 같은 것

출렁이던 바다의 변절에도
울컥, 뱉어지던 꽃그늘.

　생강나무 노란 꽃봉오리가 터질 듯합니다. 야생화는 생강나무부터 꽃피기 시작합니다. 햇살이 오래 머무는 뒷산에는 어김없이 생각나무 노란 꽃이 향기롭습니다. 생강나무 노란 꽃이 필 무렵이면 세월호의 아픈 기억이 떠오릅니다. 햇살은 참 따스하고 아이들의 해맑은 웃음소리 터질 듯한데 제주도에 닿지 못한 여행은 노란 아픔으로 가슴 한편에 남아있습니다. 생강나무꽃 향에서 바다 내음이 아직 묻어나고 있습니다.

디딤돌

밭 한가운데 암덩이처럼
박혀있는 돌덩이들
밭갈이에 거치적거린다고
호밋자루 부러졌다고
눈 흘김 당했으리라

가난할수록 악착같이
형제끼리 붙잡고
호밋자루 부러진 어머니
생생한 당부

쌀 한 톨 나지 않는 척박한 가난
외로웠을 돌덩이들
모래알로 부서진 세월
매끈하게 다듬어졌다

딛고 선 돌
세상 받쳐 기둥을 세우고
마당 디딤돌 놓는다

어머니

이제 허리 펴고 편히 누우세요
따스하게 달구어지는 봄날

시의 씨앗

　햇살이 머무는 곳마다 맨땅이 드러납니다. 눈으로 덮여있던 뒤란도 고스란히 민낯입니다. 둘러보니 거슬리는 곳이 많습니다. 창고 앞으로 구거溝渠 지나는 곳 장마철 한때만 물이 흐르지만 그 외에는 애기똥풀이 자라서 관리가 필요합니다.

　돌덩이를 날라다가 낮은 담으로 구거를 정리합니다. 돌과 돌이 이어지는 담쌓기. 제멋대로 생긴 돌이 서로 딱 들어맞을 때마다 시골살이도 그렇게 한 귀퉁이씩 맞춰지는 중이라 생각합니다.

　털썩 주저앉아 막걸리 한 잔으로 해갈합니다. 이내 벌렁 누워 하늘을 올려다보니 구름 한 조각 빈 하늘 어딘가를 채우려는 듯 흘러갑니다.

　　　　　　　　　　　　　　　　살둔마을에 꽃이 피고 시가 되고

형제라는 향기

있잖아
태어나서 첨 본 건
흔들리는 등잔불이었어

따스한 밝음에
흔들리는 그림자는
형제들이었지

물려받은 젖꼭지는
공갈이었어
우는 일이 있으면
그건 배고픔이었지

가마솥 뜸 들일 때
밥 물 퍼다가
흑설탕 섞은 건
그런 대로 먹을 만했지

있잖아, 그거 알아
형제들이 먹는 걸로
경쟁하는 사이란 거

살둔마을에 꽃이 피고 시가 되고

그게 슬퍼서
날마다 울었어
우는 게 밉다고
저녁을 굶겼지

겨울밤은
그게 싫었어
배는 고픈데
아침은 너무 멀어

접동새만 내 맘 알아
밤새워
같이 울었지

살둔마을에 꽃이 피고 시가 되고

　봄바람 불어와 골짜기를 휘돌아 나가면 막 피어난 귀룽나무꽃에서, 작년에 옮겨 심은 앵두나무꽃에서, 가지치기를 심하게 했던 자두나무꽃에서, 해거리 마친 돌배나무꽃에서, 담벼락 금낭화에서, 제비꽃에서, 이름 모를 야생화에서, 꽃향기 불어와 마당 가득 넘쳐납니다. 그 향기를 한 송이 한 송이 방 안에 가둡니다.

　모아 마시는 향기에 계절이 따라 들어와 한 생이 향기로 활짝 피어날 것만 같습니다. 향기는 마치 오래전부터 알고 지낸 형제처럼 익숙해져서 속 깊이 마음으로 들이마셔 봅니다. 형제들의 만남은 옛 이야기로 늘 꽃을 피우고 모닥불로 밤을 태운다 해도 따스하기만 합니다.

화단 만들기

바람과 햇살과 물을 길어다
초록의 생명을 키우겠습니다

나무와 돌이 울타리 되어 흙을 채우고
우리 행복한 웃음소리로 꽃을 피우겠습니다

손마디가 굵어지고 허리가 휘어져도
묵묵히 향기로움을 피우고야 말겠습니다

때로는 비바람 들이쳐 부러진다해도
흔들리는 마음 서로 잡아주어
기어이 결실로 풍성하겠습니다

흙의 심정을 읽어야 하는 농부의 운명을
품격으로 받아들이겠습니다

우리 이렇게 여유로운 시절에
우리는 감히 행복을 선언하겠습니다

시의 씨앗

마당에 봄 햇살이 가득합니다. 햇살이 놀다 저물면 텅 비게 되는 곳, 어쩌다 손님이라도 오면 주차장이 되는 곳, 장마철 소나기라도 내리면 흙이 쓸려나가서 묻혔던 돌멩이만 드러나는 곳, 그 휑한 마당에 작은 화단을 만듭니다.

습설濕雪로 부러진 아름드리 소나무를 화단 테두리로 자리를 잡아줍니다. 아름드리 소나무를 테두리로 마당에 눕혀 놓는 것이 조금은 아깝다는 생각이 들지만 꽃이 좋아하겠지요. 소나무 테두리 위에 구불구불한 다래나무로 장식을 하면 한련화가 쉬이 덩굴을 뻗겠지요.

옆 휴경지에서 흙을 퍼다 소나무 테두리 높이만큼 흙을 채웁니다. 그럴 듯한 화단이 되겠지요. 꽃피기도 전에 백봉이파(백봉오골계무리) 놈들이 먼저 와서 흙을 파헤치기도 하고 흙 목욕을 하기도 합니다. 흙 목욕을 마친 백봉이를 벌건 수탉이 올라타서 요란을 떨자 화단에 깃털 하나 날립니다. 꽃피면 병아리도 태어나서 꽃이랑 놀겠지요.

어기적거리며 일어서는데 땀으로 흠뻑 젖은 속옷이 끈적거립니다. 지하수로 샤워할 생각만 해도 싱그러운 봄날입니다.

계절은 쉬이 오지 않는다

기다리던 봄인데
찬바람 앞세우니
밉다

산수유 샛노란 꽃에
빼앗긴 마음을
알아챈 걸까

동창회에
새끼 딸려 보내듯
찬바람 앞세웠네

살둔마을에 꽃이 피고 시가 되고

시의 씨앗

봄 햇살 따스해지자 얼음도 녹아 개울물이 불어납니다. 둥근 시멘트관을 여러 개 놓아 임시로 만든 콧구멍 다리를 빠져나온 물과 물떼들이 콧바람을 일으키며 바위를 밀어버리겠다는 듯 여울지며 낮은 곳으로 내달립니다.

버드나무 발목에 맨살이 나도록 생채기를 낸 물살은 멈출 줄 모르고 푸르게 깊어갑니다. 산중턱 옹달샘에 묻어 둔 텃밭용 물길 호스도 얼었던 봇물 기세에 그만 터져버렸습니다. 햇볕 드는 곳에서 녹아 흐르던 물인데 겨우내 얼었던 호스가 압력을 견디지 못하고 군데군데 터졌나봅니다.

호스가 갈라진 틈으로 옹달샘 차가운 물이 분수처럼 쏟아지자 느닷없는 물벼락에 고사리 잎은 튀김옷을 껴입은 것처럼 얼음에 쌓인 채 새파랗게 질렸습니다. 봄볕이 골고루 지나가지 못한 응달진 곳에는 아직도 겨울을 보내지 못하고 있습니다. 봄이 오는가 싶었지만 겨울 성질머리는 아직 곳곳에 남아 있습니다. 계절은 쉬이 오지 않나 봅니다.

지게와 가방

지게 위 고장 난 가방 얹고
흙을 부어 수선화를 피우려는 어수선

평생 함께 했던 가방
주인이 귀촌을 하면
가방도 귀촌을 했다고 해도 되나

짐 나르기 위해 태어난 팔자
서로 위로하듯 떠받들고 있다
가방에서 꽃이 피면
여행으로 꽃을 피웠다고 해도 되나

평생 지게를 졌던 아버지
지게 떠받드느라 허리가 굽었다

평생 가방으로 먹고 살아온 나는
가방을 떠받든 게 되는 것이냐

지게 위 가방 얹고
가방에 수선화 심고
나는 또 어떤 짐 짊어지고

살아온 날
올려질 짐을 생각 한다

짓누르는 짐의 무게
내 어깨 위에도 수선화 필까
귀촌은 삶의 또 다른 여행
일어서려는데 허리 조금 굽었다

살둔마을에 꽃이 피고 시가 되고

시의 씨앗

지게와 가방은 전생에 부부였을까. 짐 나르는 수고를 내 현생에 더불어 하고 있으니 기표는 달라도 기의는 매 한가지. 무엇을 지고 있을 때나 어디론가 떠나려 할 때 마다 서로 어울리는 풍경입니다.

손에 쥔 것 없이 태어날 때부터 무엇을 지고 있었던 걸까. 휘어진 지게를 보니 애틋함이 더합니다. 비록 짐 짊어질 용도로 만든 것은 아니지만 화단 귀퉁이에 자리 잡아주고 위에 낡은 여행가방 하나 올려놓고 꽃을 심으니 그럴 듯합니다.

지게 위에 낡은 여행 가방을 얹자 짐 나르느라 힘겨웠을 휘어진 지게와 바리바리 담아 이곳저곳 여행지 따라다니느라 고단했을 가방이 햇살 받아 빛납니다.

홀로 피는 꽃

골 깊어 바람도 머무는 곳
혹독한 추위를 용케 견뎌서
조팝나무는 이밥처럼
고봉으로 꽃을 피워놓고 벌들을 기다리는데
벌들은 추위를 견뎌내지 못했을까

벼랑 끝에 홀로 서 있던 토종벌통은
맨몸으로 추위를 막아내지 못해
꿀벌을 지켜내지 못했을까
윙윙거리는 꿀벌 소리가 들리지 않네

곤줄박이, 범나비, 나나니벌, 땡삐
화전마을에 서식지를 두고 살아가는 익충이
어여 나와 주길 기다려 보네

무섭고 징그러워도 더불어 살아가는 세상이니까
그들과 어울려야 할 때,
남과 북이 함께 어울려
어렵사리 핀 꽃에 열매를 맺게 할 때.

살둔마을에 꽃이 피고 시가 되고

명자, 매자, 귀룽, 조팝, 돌배, 산벗, 달무리 진 밤에도 꽃은 환하게 피어서 꽃무리 진 나무 아래는 전등을 켜놓은 것 같이 밝습니다. 지난겨울 유난히 많은 눈꽃을 이고 있어서일까. 나무마다 탐스럽게 꽃을 피웠습니다. 꽃으로 환한 곳마다 향기도 짙어서 화전 두엄 냄새 간간이 섞여나도 이내 꽃향기 속에 묻힙니다.

살둔마을에 꽃이 피고 시가 되고

살둔마을에 꽃이 피고 시가 되고

봄을 타고 있나 봄

층층나무 층마다
새집은 없어도 바람은 이따금씩 불어와
층간소음처럼 안부를 걸어 놓습니다.
한낮의 구름처럼 생각 없이 흐르다가
층층나무 가지마다 걸린
그리움을 읽어 내려가다 보면 울컥,
뻐꾸기처럼 시간을 소비하고 싶은 마음입니다.

늙어가는 중일까.

사소한 것에도 한참을 생각하다가
마당 한가운데에 서서
병아리 노는 것을 물끄러미 바라보다가
농민신문 배달하는 배달원의 오토바이 소리에
나도 어딘가로 배달되고 싶은 것입니다
문득, 짜장면이 먹고 싶습니다

시의 씨앗

고무신 신고 뒷짐 지고 마당을 서성거립니다. 개미도 집 지을 곳을 찾는지 마당을 이리저리 돌아다닙니다. 솟대 위로 그럴 듯한 풍경을 만드는 구름도 하늘 어딘가 서성거리는 걸까.

바람에도 성격이 있다는 걸 종종 느낍니다. 느닷없이 불어와서 가랑잎 몇 장 하늘로 띄워놓고 냅다 달아나는 장난꾸러기 같은 바람, 그늘에서 자라는 작은 식물들에게 광합성 하라는 듯 키 큰 나무 흔들어 햇살을 살짝 불러주는 바람, 고요해서 불안한 마음들에게 층간소음처럼 안부를 물어주듯 살가운 바람.

보이지 않던 풍경들이 보이기 시작합니다. 보아서 이로울 것 없는 사소한 풍경 속에서 허허롭습니다. 문득 늙어가는 것이 아닐까. 아니 이미 늙어버린 것이 아닐까. 휴대폰으로 셀카를 찍어봅니다. 거기 낯익은 듯 낯선 얼굴이 보입니다. 문득 그 얼굴에서 벗어나고 싶은 날입니다.

살둔마을에 꽃이 피고 시가 되고

봄장마

셀카 찍듯 플래시 터트려댑니다
봄비 요란 합니다
악산 허물고 다리 무너지면
이대로 고립입니다

도시를 버리고 산골로 올 때도
지난여름 길이 막혀 마을회관에서 하룻밤 묵을 때도
흙벽돌 낡은 집에서 첫 밤을 보낼 때도
가슴 한편 기울어졌습니다

울릉도에 갔다가 풍랑으로 한 열흘 쯤 발이 묶이면 어떨까
도시에서 꾸던 꿈
둥지 튼 오지
화전마을
앞산 저리 푸른데
봄장마에
정착한 고립
가슴에 빗물 고입니다

시의 씨앗

하느님이 셀카를 찍듯 플래시를 터트려 댑니다. 봄비가 요란스럽습니다. 개미가 분주하게 집을 지을 때부터 예견된 불안이 호의주의 보처럼 들어맞습니다. 이대로 몇 시간 더 내리면 고립을 염두에 두어야 합니다. 병풍처럼 둘러쳐진 악산이 머금지 못하고 바로 흘러내린 빗물이 좁은 계곡에 모이면 난간 없는 콧구멍 다리는 금세 흘러넘치고, 넘치게 되면 사나흘은 고립된 생활을 하는 곳.

작업복이 된 등산복을 벗고 모처럼 청바지에 운동화 차려입고서 서둘러 고립에서 빠져나옵니다. 도시를 버리고 산골로 올 때도, 지난여름 길이 막혀 마을회관에서 하룻밤을 묵을 때도, 흙벽돌 낡은 집에서 첫 밤을 보낼 때도 내 의지와는 상관없이 누군가 나를 등 떠민다는 생각에 가슴 한편이 기울어지곤 했습니다.

도시에서 삶이 지쳤을 때 한 가지 바람을 품었습니다. 울릉도에 갔다가 풍랑으로 한 열흘 쯤 고립되어보는 게 꿈이었습니다. 그 무렵에도 가슴 한편이 울렁거렸습니다. 가슴이 원하는 곳으로 기울여보자, 그래서 둥지 튼 오지 화전마을에서 고립을 택한 정착이 괜찮은가 생각해보면 가슴 한편이 여전히 기울어집니다. 봄장마에 물소리 요란해지고 기울어진 가슴에 빗물이 고입니다. 앞산은 푸르러만 갑니다.

살둔마을에 꽃이 피고 시가 되고

모란이 피기까지

모란이 피기를 기다리는 일이 사랑이라면
오월은 여무는 계절입니다

장독대를 배경삼아
게으른 모란이 꽃술을 밀어 올리자
오월은 향기로 짙어갑니다

햇살도 보약이 되는
그 겨울 견디지 못한 헛개나무 끝내
잎 피우지 못하고
홀로 겨울처럼
마른가지 흔듭니다

모두가 봄을 맞이할 수는 없는
기대어 살아가는 삶
그냥 즐기라고
꽃들은 또 피어나고
또 지고

살둔마을에 꽃이 피고 시가 되고

시의 씨앗

　꽃이 피는 마당을 꿈꿉니다. 생강나무에서 시작한 꽃의 행렬이 귀룽나무로 옮겨갔다가 벚나무로 이어지고 그러다가 한차례 춘설이 내리고 꽃이 더욱 간절해지는 살둔마을의 오월, 오월에도 꽃으로 향기롭기를 바라는 마음입니다.

　모란은 아니지만 모란꽃이랑 거의 같은 모양으로 피는 꽃이 작약입니다. 마침 오월에 피는 꽃이라서 어렵사리 몇 포기 구해다 대문 앞 작은 화단에 심었습니다. 첫해에는 꽃을 볼 수 없는 두해살이 꽃, 겨울을 용케 견디고 올해는 기어이 꽃대를 밀어 올립니다.

　어느 해, 오월에도 눈이 내렸던 기억이 있습니다. 연두색 이파리가 막 돋아나고 있을 즈음 오월에 내린 눈에 그만 여린 이파리가 얼어 죽고 말았습니다. 나무가 얼어 죽는다는 것은 추운 겨울이 아닙니다. 잎이 피어날 때 잎이 얼면 나무도 얼어 죽습니다.

　그렇게 철모르는 눈 때문에 많은 나무들이 죽어갔습니다. 오월에도 꽃을 피운다는 것은 우여곡절 지나온 나무가 분명합니다. 그래서 작약꽃 한 송이도 반갑습니다. 꽃이 그냥 피어난 게 아니듯 살아온 산전수전 생각합니다.

노을, 생각이 붉어지는

파라솔 아래 앉으면 생각이 붉어지네
마당 가득 매운 햇살
한낮쯤 머물러 앉았네
오래 머물기를 싫어하는 뻐꾸기
또박또박
오후의 감정으로 날아가네

누군가는 세상을 떠나고
누군가는 새 출발 한다는
도시의 요란한 전언
나는 외딴 곳으로 무얼 찾으려 왔는지

파라솔 아래 앉으면
생각이 붉어지는 것이어서 어두워지도록
어떤 결정도 내리지 못하네
노을 지는
오지 산골

살둔마을에 꽃이 피고 시가 되고

제1부 '노란'의 거처 생강나무로부터 시작하다

살둔마을에 꽃이 피고 시가 되고

시의 씨앗

　파라솔 아래 앉으면 생각이 붉어집니다. 마당을 가득 메운 햇살은 한낮쯤에 머물러 앉았고 오래 머물기를 싫어하는 뻐꾸기는 또박또박 오후의 감정으로 날아갑니다.

　텔레비전 속 세상은 북미 회담으로 떠들썩 요란한데 이곳 살둔마을엔 그 흔한 자동차 소리 들리지 않습니다. 어쩌다 고요를 흔드는 건 도시에서 날아오는 부고와 결혼 소식입니다. 누군가는 세상을 떠나고 누군가는 새 출발을 하나봅니다. 만남과 이별이 너무 가벼운 하루입니다.

　앞지르기가 일상이 되어버린 세상에 나는 외딴 곳에 무얼 찾으려 떠나왔는지, 어떻게 먹고살아야 하는지, 앞으로 30년을 더 살아야하는 백세 시대에 도시를 떠나 시골집 마당에 주저앉아 무얼 하고 있는 건지, 이러다가 간신히 벗어난 가난의 굴레를 다시 뒤집어쓰는 건 아닌지 착잡한 마음이 꼬리에 꼬리를 뭅니다.

　파라솔 아래 앉으면 생각이 붉어지는 것이어서 어두워지도록 어떤 결정이나 결심을 내리지 못한 채 파라솔 아래의 풍경 속으로 젖어듭니다. 노을을 볼 수 없는 오지 산골에서 홀로 생각 없이 붉어집니다.

살둔마을에 꽃이 피고 시가 되고

아그배나무 아래에서

아그배 익어가는 소리 들릴 것 같아
지난봄 표정을 생각해 봅니다

토종벌을 불러들였던
나긋나긋하거나
사부작거리는 향기

바람은 문명일까
가지마다 웅성거리는
꽃들의 의견을 한데 모아
둥글린 열매
고운 낭만을 매달아 놓았습니다

토종벌은 외골수
바람과 햇살 사이에서
지나간 내 유년을 회상합니다.

시의 씨앗

아그배나무가 만들어놓은 그늘에 앉아 제법 따
가운 햇살을 피합니다. 아그배 익어가는 소리가 들
려오는 듯해서 지난봄 아그배나무가 피운 꽃 표정
을 생각해 봅니다.

토종벌을 불러들이려는 나긋나긋하거나 사부작
거리는 향기의 표정이 작은 바람에도 나풀거렸습니
다. 바람은 문명일까. 향기를 각자의 영역 밖으로 밀
어내고 벌을 불러 열매를 맺었으므로 자연과 문명
의 사이쯤에서 고운 낭만을 매달아 놓았습니다.

수많은 가지마다 웅성거리는 꽃들의 의견을 한데
모아 둥글린 열매에는 아그배나무가 향기로는 다 할
수 없는 이야기를 담고 있을 겁니다. 온갖 향기를 지나쳐 아그배나무
까지 날아온 토종벌은 아그배나무가 품은 그 깊은 향기의 배경을 알
고 있을 겁니다.

바람과 햇살 사이에서 벌이 울어대는 날갯짓 소리를 기억합니다.
아그배나무 그늘 아래 앉아서 찰나로 지나간 내 유년을 회상합니다.

살둔마을에 꽃이 피고 시가 되고

삶의 또 다른 방식

마음 쉬려거든 살둔마을로 오세요
다른 것은 생각하지 말고 오직,
그대 지친 마음 쉬게 하려면
오세요, 살둔마을에 들어서는 순간부터
잘 왔다 생각이 들 거예요

심장이 두근거리도록 빠른 걸음으로
밤바치길을 걸어보세요
맨발의 마음으로
부담을 벗어버리고 그대 심장에게
평온을 주고 싶다면 걸어보세요
오밀조밀한 돌멩이들을 비켜가면서
걷다보면
사는 게 별거 아니다 싶을 거예요

편두통이 심해지면
바람소리를 들려주세요
마음의 기울기가 균형을 잃으면
두통으로 전달되는 구조
그대 생각 속에 청량한 바람을

불어넣고 싶다면 흔들리세요
솔가지에 잘게 부서진 바람에 흔들리다보면
사는 것도
흔들리는 것이겠다 싶을 거예요

마음이 얽혀서 삶이 보이지 않거든
원당리 삼거리슈퍼나
미산 삼거리 슈퍼에 들러
삼겹살 두어 근에 곰배령 막걸리 사가지고
살 만한 둔덕, 살둔마을로 무작정 오세요

고운 단풍이 손 흔들어 맞이하고
휘영청 보름달이 마당을 쓸어놓을 거예요
별은 또 쉴 새 없이 조근거리다
이따금 유성이 되어 우리들의 소원을 들어줄 테니

소원 하나 품고서 그냥 오세요
소원 하나 이루고 편히 가세요

시의 씨앗

오지에 귀촌해서 산다고 하면 물어볼 것이 많은 중년쯤인가 봅니다. 시골에 살면 외롭지 않느냐고, 갑자기 아프면 어떡하느냐고, 부인은 순순히 따라갔냐고, 한 달 벌이는 얼마나 되냐고, 주변 땅값은 얼마쯤 하냐고, 원주민들의 텃세가 만만치 않다는데 문제는 없냐고

제가 묻고 싶은 말입니다. 도시에 살아서 외로움이 없느냐고, 끔찍한 사고소식은 도시에서 자주 일어나는데 불안하지 않느냐고, 부인은 늘 가까이 있냐고, 이웃 주민들과는 살갑게 지내냐고

서로의 물음에 대답이 흐려집니다. 사람은 원래 외로운 동물이라서 도시건 시골이건 외로움을 타거나 불안해하는 것은 마찬가지겠지요.

돈이 목적이라면 도시가 좋고, 삶이 우선이라면 시골도 좋다고 말씀 드리고 싶습니다. 생산적인 일을 하려면 남쪽으로 가고, 게으름 피며 조용한 곳에 살려면 산골로 가는 게 좋을 거라 말합니다. 어울려 살아가는 성격이라면 서쪽이 좋고, 외로움을 즐기는 성격이라면 동북쪽이 그나마 좋을 것입니다. 성질이 급하면 잎 작물이 좋고, 끈기가 많으면 과실수가 좋고, 게으르면 뿌리농사가 그나마 괜찮을 테고, 변덕이 심하면 일을 벌이지 않는 게 좋다고 말씀드리고 싶습니다.

옆지기가 시골행을 반대하면 모든 명의와 권한을 옆지기한테 맡기시고 그저 남은 생 마당쇠처럼 도우면서 살겠다고 해보세요. 귀촌하기 전

에 전원생활을 3년 이상 경험해 보라고 말씀드립니다. 귀촌, 귀농은 유행이 아니라 오랜 시간 간절히 꿈꾸어온 삶이라고 확신이 설 때 그때 결정하라고 말하고 싶습니다.

농촌이든 산골이든 자연인이 사는 곳이든 결국 우리나라 안이고 사람 사는 곳입니다. 너무 완벽하게 준비하느라고 시간을 낭비하지는 말라 말합니다. 시골생활은 준비보다 현지 경험이 중요합니다.

가진 것을 놓고 이십 대 백지로 돌아가서 백 세 시대 남은 30년을 다시 설계하는 마음으로 시작하라고 말합니다. 귀촌, 귀농은 유행이 아니라 인생 2막을 잘 마무리해야 하는 삶의 또 다른 방식이기 때문입니다.

제2부

'파란'의 마음
흐르는 물결에
다듬어지다

유월은 사랑

침 묻혀가며 꾹, 꾹,
눌러 담았던 백지의 시절

너를 향한 흑심
캄캄한 마음은 수없이 구겨지고

어지러운 생각 따라 밤새
돌아다닌 저,
민망한 흔적을 지우느라
둥글게 닳아버린 감정

눌러쓴 마음이 너무 깊었을까
지워지지 않고

아린 자국으로 남아 있는
육각의 설렘

살둔마을에 꽃이 피고 시가 되고

제2부 '파란'의 마음 흐르는 물결에 다듬어지다

살둔마을에 꽃이 피고 시가 되고

시의 씨앗

덜 익어 푸른 유월을 좋아합니다. 가뭄 볕 몸서리치는 채소밭에
느닷없이 국지성 소나기 내리자 오이며 호박이 더듬이를 치켜세워
지지대를 붙잡으며 푸릇해집니다. 더러는 스스로 떨어트리고 더러
는 솎아줘야 하는 풋과실이 시큼함을 숨기고 젖살이 올라 앙증맞은
표정입니다.

덜 여물어 풋풋한 유월을 사랑합니다. 꽃이 아니어도 꽃처럼 보이
기 위해 개다래 이파리가 공갈꽃으로 표정을 바꾸는 유월은 설익은
사랑의 계절입니다. 더러는 스스로 구겨져 버리고, 더러는 침 묻혀가
며 눌러쓴 편지가 책갈피에 숨어 납작해져 수줍어합니다. 그렇게 푸
른 유월을 얼마나 보냈을까. 평생을 머물러 온 기억 속 유년은 온통
유월의 파스텔톤입니다. 이루어지지 않아 푸릇한 사랑을 후회하지
않습니다.

샤스타데이지

향기는 꽃의 몸을 빌려 세상에 퍼지는 무음의 숨결
마음에 꽃 하나 피워
누구라도 슬그머니 스며들 향기를 가두는

물에 비친 별처럼 일렁이다
만사를 인내한다
그 꽃말을 팔짱 끼고
꽃의 은하수 서성거리네

꽃의 전생은 시인의 눈물쯤이었을까
흘리지 못한 눈물을 달래주네

향기가 생각 속까지 스며
만사를 인내한 창백한 꽃

살둔마을에 꽃이 피고 시가 되고

향기는 꽃의 몸을 빌려 세상에 퍼지는 무음의 숨결입니다. 마음에 꽃 하나 피워 누구라도 슬그머니 스며들 향기를 숨결에 가두어야겠습니다. 사람과 사람 사이에도 서로 닮은 마음이 향기로 먼저 번지기 때문입니다.

미소로 다가가면 웃음꽃이 피고 눈물로 글썽이면 위로가 됩니다. 슬픔이 먼저 자리를 뜨는, 맑은 마음 한 장 같은 우리는 향기 하나에 해후를 맡겨 놓습니다. 돌보며 살아간다는 다짐, 서린 시간을 마음으로 품어 삶을 이롭게 내다보는 우리는 기어이 고운 향기를 품어야겠습니다.

부역

낫질하다 허리 펴면
코끝에 머무는 상큼한 풀냄새
산수화 속에 신선으로 들어와 있는 듯
아득한 풍경

오갈 때마다 흔들어 주던 길가 잡초
속없이 흔들거리는 줄만 알았더니
산딸기를 감추어 놓고
쥐다래를 매달아 놓고
실하게 여문 개암도 감춰놓고
산사나무 열매까지 키우고 있었네

살둔마을에 꽃이 피고 시가 되고

살둔마을에 꽃이 피고 시가 되고

시의 씨앗

"아~ 아~ 알립니다. 오늘 마을길 제초작업 부역이 있습니다. 예초기나 낫을 지참하시고 경로당으로 모여주시기 바랍니다." 부역이 있는 날입니다. 장맛비는 속절없이 내리고 물안개와 구름 같은 운무가 골짜기를 배회하는 날입니다. 트럭 짐칸에 돼지 팔려가듯 실려 도착한 밤바치길, 오락가락 빗소리에 예초기 기계음이 젖어들고 휘발유 타는 냄새 오랜만에 구수합니다.

"어이 여보게들 이것 좀 봐~" 뭔 일인가 싶어 여럿이 나무아래 모여들자 낫질로 간벌할 나무 허리를 댕강 분질러 버리자 쥐고 있던 이파리에서 물방울이 소나기처럼 쏟아집니다. 물세례를 웃음으로 주는 어르신, 주름은 깊어도 장난은 여전해서 그래서 한바탕 웃는 부역의 뒷모습입니다.

살둔마을 경로당 마당에 차려진 국밥은 빗방울이 양념으로 내려서 뜨거운줄 모르고 배부릅니다. 부역 풍경마저 그림이 되는 살둔마을 밤바치길, 그 속에서 머루 다래 실하게 여물어갑니다. 담배 냄새 구수한 어르신 입가에 맑은 미소가 구름처럼 퍼지는 날입니다.

그런 줄

나무로 지지대를 세워준 것이 맘에 드는지
오이덩굴 더듬이를 뻗어
나뭇가지를 움켜잡고 힘차게 하늘로 오릅니다.
더듬이를 뻗어 바람에 흔들리다가
나뭇가지에 닿으면 용수철처럼 감아서 몸을 의지합니다.

더러는 아무것도 닿지 않는 허공에서
더러는 숨통 조여 오는 지지대에서
부러지지 않기 위해
적당히 흔들립니다

줄 잘 서야 출세한다는
보이지 않는 은밀한 그 줄
더듬거렸던 시간
지나

엮어가는 내 안의 줄
그런 줄 마음에 엮어봅니다
그냥 그런 줄 아세요.

시의 씨앗

　나무로 지지대를 세워준 것이 맘에 드는지 오이덩굴이 더듬이를 뻗어 나뭇가지를 움켜잡고 힘차게 하늘로 오릅니다. 더듬이를 뻗어 바람에 흔들리다가 나뭇가지에 닿으면 용수철처럼 감아서 몸을 의지합니다.

　더러는 아무것도 닿지 않는 허공에서 막막함을 견디기도 하겠고 더러는 제 몸뚱이를 감아 조여 오는 숨통에 쿨럭거리기도 하겠죠. 튼튼한 지지대라도 너무 꽉 붙잡지는 않습니다. 용수철처럼 여유를 주었다가 바람이 불면 적당히 흔들려야 부러지지 않기 때문입니다.

　줄을 잘 서야 출세한다는 말, 보이지 않는 은밀한 그 줄을 잡아보겠다고 더듬이처럼 더듬거렸던 시간을 지나왔습니다. 출세의 줄을 너무 꽉 쥐었다가 변화의 바람에 그만 꺾어지거나 부러지는 것을 많이 보았습니다. 사회가 만들어놓은 구조물에 노력으로 뻗어야만 닿을 수 있는 줄입니다. 열정과 간절함으로 엮어가는 내 안의 성실한 줄, 그런 줄 하나 마음에 엮어봅니다. 그냥 그런 줄 아세요.

살둔마을에 꽃이 피고 시가 되고

제2부 '파란'의 마음 흐르는 물결에 다듬어지다

초복

닭에도 달력이란 게 있어서
초복이란 걸 알아차린 걸까
닭장 문손잡이를 잡을라치면
유난스레 꼬꼬닭

열 받은 건지
날씨 탓인지
날개를 들어 올리고 입을 반쯤 벌리고
헉헉대며 꼬꼬닭

살둔마을에 꽃이 피고 시가 되고

제2부 '파란'의 마음 흐르는 물결에 다듬어지다

  오지에도 달력은 있어서, 복날 거르지 말라고 농협 달력이 큼직하게 알려
줍니다. 수탉 네 마리가 감금된 별관 앞을 왔다 갔다 합니다. 머릿속엔 백숙,
삼계탕, 닭볶음탕 등 닭요리가 맴돕니다.

  몇 번을 망설이다가 다시 눈을 질끈 감아보지만 닭잡기가 쉽지 않습니다.
옆지기는 오늘도 글렀다는 걸 금세 알아차리고 콩을 불리네요. 두부를 만
들 생각인가 봅니다. 작년 가을에 도리깨질로 털고 키로 까불러서 수확한
메주콩입니다.

  계곡에 발 담그고 얼음 서너 조각 띄운 콩국수를 먹습니다. 귀룽나무 가
지 사이로 엷은 물안개가 그늘막을 친 듯해서 더위는 곧 사라집니다. 후루
룩 게눈 감추듯 먹고서 여울지는 곳에 놓아둔 어항을 걷으러 갑니다. 첨벙
거리는 발목에 시원함이 차오릅니다. 갈겨니, 수수종개, 어름치, 쉬리, 순수
해서 비린내도 없는 물고기가 요동칩니다.

  복날이니까 큰 맘 먹고 도리뱅뱅이를 돌립니다. 아껴두었던 낮술이 걸쭉
하게 차오릅니다. 닭볶음탕 대신 도리뱅뱅이로 복날을 보냅니다. 배부른 냇
가에 물소리 두런두런거려서 잠은 거저 옵니다. 푸른 하늘에 흰 구름으로
아랫배를 덮습니다. 구부능선쯤 산비둘기만 서럽습니다.

제2부 '파란'의 마음 흐르는 물결에 다듬어지다

돌탑을 쌓으며

개울가
기도처럼 쌓았던 돌탑
불어난 물에 흔적 없다
욕심내지 말자며
내 키만큼 쌓았던
172센티의 기도는 허물어져서
어느 작은 폭포쯤
모랫바닥을 문지르고 있을까.
자갈 몇 개 주워
또 다시 돌탑을 쌓아보는데
아직 굴러가야 할 길이 멀다는 듯
굴러 떨어지는 자갈
얼마를 더 굴러서
매끈하게 다듬어지려는 걸까
붙잡아 쌓아두려는 기도는 욕심인 것,
구르는 대로 내버려두면
여물어 매끈해지는 것
울퉁불퉁 튀어나온
생각의 부스러기
모래더미처럼 수북하다.

살둔마을에 꽃이 피고 시가 되고

시의 씨앗

개울가 자갈밭을 서성거리는데 햇살에 덴 자갈이 마침 뒤척이느라 재갈재갈 거립니다. 혼자 놀 양으로 쌓았던 돌탑이 봄장마 불어난 물에 떠내려가서 흔적도 없습니다. 욕심내지 말자며 내 작은 키만큼 높이로 쌓았던, 쌓으면서 소망하던 172센티의 기도는 허물어져서 어느 작은 폭포쯤에 가라앉아 모랫바닥을 문지르고 있을까.

자갈 몇 개 주섬주섬 주워서 널찍한 돌멩이 위에 올려놓는데 이번에도 쉬이 쌓아지지 않습니다. 아직 굴러가야 할 길이 멀다는 듯 자꾸만 아래로 굴러 떨어지는 자갈, 얼마를 더 굴러서 매끈하게 다듬어지려는 걸까 붙잡아 쌓아두려는 기도는 욕심인 것, 구르는 대로 흘러가는 대로 내버려두면 스스로 단단해지고 여물어 매끈해지는 것.

개울가 서성거리다 작아지기로 합니다. 울퉁불퉁 튀어나온 생각을 부수고 흐르는 물결에 다듬어져 작아지기로 합니다. 쓸데없는 생각의 부스러기 모래더미처럼 수북합니다.

살둔마을에 꽃이 피고 시가 되고

장마

소나기 내리자
텃밭 캄캄한 멀칭비닐
지레 빗소리 쏟아냅니다
꽈리랑 봉숭아를 옮겨 심은 뒤
서둘러 고춧대 두 단 줄을 맵니다

벼는 한 뼘 더 자라고
줄 맞춘 상추는 잎 펼쳐
비닐이 내는 빗소리를 음소거
오이랑 호박은 지지대의 간격을 감 잡았다
뻗는 대로 튼실해 구름에도 닿겠습니다

말표 고무신에 심은 채송화
돌멩이마다 맨발자국을 남겨놓고

살둔마을에 꽃이 피고 시가 되고

시의 씨앗

소나기 내리자 텃밭의 캄캄한 멀칭비닐이 지레 빗소리를 쏟아냅니다. 구름의 서식지라서 비는 언제라도 쏟아부을 태세입니다. 꽈리랑 봉숭아를 옮겨 심은 뒤 서둘러 고춧대에 2단 줄을 맵니다.

벼는 빗물이 보양식일까. 어항이랑 장화에 빗물로 넘치니까 한 뼘은 자랐습니다. 줄 맞춘 상추는 잎을 펼쳐서 비닐이 내는 빗소리를 음소거로 바꿉니다. 오이랑 호박은 더듬이가 감아야하는 지지대의 간격을 감 잡았는지 뻗는 대로 튼실해서 구름에도 닿겠습니다.

말표 고무신에 채송화를 심었는데 신발을 잃어버린 맨발이 돌멩이마다 발자국을 남겨놓았습니다. 빗소리가 서러워질수록 마사토를 깔아놓은 마당은 부유물을 뱉어내고 모래색을 찾아갑니다. 장마는 아직 멀었으므로 쿰쿰한 생각을 흘려버리고 내 본연의 색을 찾아야겠습니다.

그해, 푸른 물결

철없어 푸르던 이십대
무작정 떠난 오월의 제주도
노을이 슬퍼서 한참을 울었다

모든 게 제자리에 서 있는데
어디로 가야할지
무얼 해야할지
앞이 보이질 않아서
노을이 내일로 갈 때까지
울기만 했다

그날
세상 끝을 보려다가
노을에 반해
다시 나를 사랑하게 되었다

그해 제주도의 여름은 간간히 추웠고
그해 제주도의 기억은 오래도록 따스했다

시의 씨앗

　그해 제주도의 여름은 간간히 노랗고 온통 초록 바다였습니다. 한라산은 하얀 모자를 뒤집어쓴 채였습니다. 푸릇한 시절, 겁 없이 무전여행으로 당도한 제주도는 배고픔만이 마중 나와 있었습니다. 해물이 풍성한 짬뽕으로도 젊은 한 끼는 충분했지만 바람과 돌과 여자는 생각보다 많지 않았습니다. 옛말을 믿어야 할지.

　세상 끝까지 가 보겠다며 나선 객기는 고작 사나흘의 배고픔에 무너졌습니다. 서귀포 위미리 작은 마을에서 귤 따는 일용직으로 제주살이를 시작했습니다. 새벽에 눈 뜨면 간이 안 된 콩나물국에 밥 말아먹고 마을 아래 저수지에서 물지게로 물을 져 나른 다음에야 귤 농장으로 갈 수 있었습니다.

　귤을 따다 한 알 몰래먹는 맛, 품값은 충분할 만큼 푸른 맛이 났습니다. 밥 먹지 못할 만큼 시린 치아라도 귤 맛은 따봉이었습니다. 며칠 고생한 품값을 받지 못하고 쫓겨나게 된 것은 어쩌면 당연할 지도 모릅니다. 오늘 밤은 어디서 푸른 파도소리를 듣다가 장엄한 일출을 보게 될까.

　하루를 아슬아슬하게 넘기던 제주도에서 어느덧 제주도민이 되었고 면허증도 취득했습니다. 새파랗던 시절 한 장면이 뭉게구름 되어 마음속에 떠오릅니다. 그해 제주도의 여름은 간간히 추웠고, 기억은 오래도록 따스했습니다.

살둔마을에 꽃이 피고 시가 되고

팔도 찬치

가족이라는 생각을 입으면
글썽이는 눈물부터 나누는 사이

뿔뿔이 흩어졌던 형제들이
김장 하나로 버무려지는 사이

먹는 걸로 경쟁하던 사이에서
먹는 걸로 나누는 사이

매운 배경이 글썽거리면
양념처럼 붉게 맛 드는 사이

한통 채워지는 숙성
정으로 발효되는 사이

한 통씩 나누어 살다가도
한 통씩 채워 주려는 그런 사이

살둔마을에 꽃이 피고 시가 되고

시의 씨앗

팔남매 가족모임을 오지 살둔마을에서 하기로 했습니다. 형제들이 많다보니 가끔은 이름도 헷갈리기도 해서 맏이인 큰누나를 형제1, 이후 차례대로 형제2, 형제3. 이렇게 부르기로 합니다.

자주 드나드는 계곡, 선비도토리나무랑 돌배나무가 그늘을 알맞게 만들어 줍니다. 형제4가 이것저것 점검 차 미리 내려왔습니다. 계곡 지형을 바꾸는 대공사를 합니다. 따로 길이 필요 없는 작은 공간이지만 돌멩이를 치우고 자갈을 채워 오솔길을 만들고 장마에 떠내려와 쌓인 자갈더미로 작은 웅덩이를 메웁니다. 계곡에 징검다리를 놓고 바닥을 고르게 정리합니다.

삽질하는 얼굴에 땀방울이 뚝뚝 떨어지면 그대로 계곡 깊은 곳에 입수를 합니다. 그러기를 한나절, 평탄 작업을 마친 곳에서 비빔국수로 점심을 때웁니다. 후루룩거리는 소리에 갈겨니 떼가 모여드네요. 국수 몇 가닥 던져주자 놀라 흩어졌다가 이내 돌아와 국수를 한 입 물고 물살 속으로 헤엄칩니다.

하루가 다르게 계곡물이 줄어드는 땡볕 아래 징검다리 사이를 돌멩이로 막아 댐을 만듭니다. 무릎까지 시원합니다. 며칠 후면 팔도에서 모인 형제들로 첨벙거리겠죠. 평상에 옥시기 쪄놓고, 도리뱅뱅 술안줏감으로 피라미 한 사발 잡아놓고, 앞산에 보름달 조명으로 매달아 놓을 테니 전국에 흩어져서 살고 있는 팔남매들이여, 어서 이곳으로 오세요.

단칸방 시절, 발 뻗으면 누군지 모를 발이 간지럽히던 그 낄낄거리던 풍경을 다시 나누어 보기로 합니다. 마당에 둘러앉아 가난했던 그 시절 추억하며 여름밤을 보내기로 합니다. 보름달이 모깃불에 쿨럭거릴 그 밤을 기다립니다. 유년으로 떠나는 여행입니다.

모두가 떠나간 후

산을 타듯
차오르던 달빛이
모닥불 피어오르는 연기 따라
까닭 없이 마당으로 내려와 서성거리는

초저녁 별 하나
쿨럭거리다가 슬그머니
달빛 뒤에 숨는

양철지붕 달빛은 빛이 바래고
원주민은 녹슨 꿈을 꾸는지
풀벌레 울음 가득해도
기적 없이 막막한

외지인 몇몇은 떠나고
쓰지 않은 그릇까지 부시고 나면
금세 헛헛해지는 고요

보름달도 시달린 듯 기울고
입었던 웃음을 씻어내면
서리꽃처럼 하얗게
온몸에 피어나는 병

살둔마을에 꽃이 피고 시가 되고

시의 씨앗

팔남매가 떠나고 다시 조용한 일상입니다. 그늘막으로 쳐놓은 천막은 온 종일 손님을 배웅하듯 펄럭거립니다. 떠들썩했던 마당에 덩그러니 남아있는 테이블이며 의자는 주인을 잃은 듯 멍한 자세로 하루를 보냅니다. 소나기 한차례 지나간 뒤, 마당은 한결 차분해지는데 보낸 이의 마음은 아쉬움으로 서성거립니다.

그리던 어느 장면이 펼쳐집니다. 문득, 북적거렸던 기억, 어느 한 지점에 닿습니다. 찢어진 그물을 주워 투망을 하고 된장을 풀어 갈겨니와 피래미를 잡아서 가마솥에 매운탕을 끓이다가 기억 속 풍경으로 들어가 부지깽이로 애잔하게 낙서를 합니다. 그리운 이들은 왜 서둘러 하늘에 별이 되는지, 속절없이 세월을 보내기만 했는지, 그리운 이들을 부뚜막에 써 내려가다가 매운 연기 핑계로 눈물을 훔칩니다.

그때는 몰랐습니다. 북적거리던 형제들 웃음소리가 세월의 틈바구니에 비집고 들어와 추억의 향기를 풀어놓게 될 줄을. 오랫동안 꿈꿔왔던 이 장면을 마음에 문양으로 남기렵니다. 그리움보다 더 그리워 할 지금 이 순간을 짚어보렵니다. 그리웠던 장면을 추억할 또 다른 세월 앞에 지금 놓여있기 때문입니다. 그 옛날 구마니에 두고 온 옷을 가지러 한밤중에 길 나섰을 때, 무서움은 극에 달했는데 형제4는 그 상황을 조금 다르게 기억하고 있었네요. 그때 생각만 하면 눈물이 난다며 잔을 권합니다.

살둔마을에 꽃이 피고 시가 되고

한처럼 쌓였던 그 일과 많은 추억을 공유하고 있는 형제니까 술잔이 새벽으로 흐릅니다. 힘들다고 느꼈을 때, 형제들은 어디 있었냐고, 늘 기댈 곳 없는 세상이라며 옥죄며 살아온 지난날의 이면에서 형제들도 혼자였고 다들 바빴으므로 이제는 그냥 철들기로 합니다.

외등을 모두 끄고 평상에 누워 밤하늘을 서성거립니다. 부모님이 함께 했다면 하는 아쉬움에 문득, 명치끝이 아려옵니다. 바람에 가을빛이 묻어오는 밤, 별 하나 밝게 빛나고 유성 하나 밑줄 그으며 내일로 갑니다.

김장을 파종하다

산 위 지나는 구름과
골짜기 흐르는 냇물과
우리는 전생부터 하나였으므로
햇살을 부리고
달빛을 거닐며
자연에 기대어 연명하는
화전민의 후예입니다

마음 저 밑바닥,
검게 그을린 화전 기억이
물집처럼 부풀어 터질지라도
대 이어 일군 터
한사코 떠날 생각이 없습니다

나무가 펼친 그늘에서
햇살을 사랑하고
바람이 실어다 준 구름에서
비를 기다리기도 하다가
먼 산 뻐꾸기 울면
마당에 모깃불 피우겠습니다

세상에서 비켜선 듯
골 깊은 살둔마을에서
아궁이에 장작불 그을리다
재처럼 하얗게 스러져
흙에 스며도 좋을
화전민의 후예로 살겠습니다

시의 씨앗

가을장마는 또 다른 시작입니다. 하루 종일 내린 비로 갈아엎은 텃밭이 물기를 잔뜩 머금었습니다. 서둘러 멀칭비닐로 물기를 가두고 웃자란 김장용 배추모종을 파종합니다. 장화 뒤꿈치에 젖은 흙이 눌어붙어 발이 무거워도 펄럭이는 비닐을 당겨가면서 가장자리에 흙을 눌러 제자리를 잡아줍니다.

이제는 옆지기와도 손발이 척척 맞아서 비닐멀칭은 일도 아니지만, 처음 비닐멀칭을 할 때에는 한 쪽을 너무 당겨서 너풀거리거나 느슨해서 초보자 티가 팍팍 났더랬습니다. 반듯하게 당겨진 멀칭비닐 위로 빗방울이 갈 곳을 잃고 몸집을 키웁니다. 파종한 배추의 싱싱한 모습에 힘든 줄 모릅니다.

김장용 무는 최신형 파종기로 씨앗을 파종합니다. 호미로 비닐을 찢고 서너 알씩 뿌리고 다시 호미로 덮어주던 작년에 비해 손쉽게 마무리합니다. 농사는 발자국 소리가 아니라 장비라는 생각이 듭니다.

김장배추랑 무 파종을 마치자 빗줄기가 더 굵어집니다. 무엇을 심고 난 뒤 비가 내려주면 하느님과도 손발이 잘 맞는 기분입니다. 이제는 비와 바람과 햇볕이 나설 차례, 자연과 인간의 합작품을 기대합니다. 농사는 그렇게 여물어가겠지요. 빗물이 장화에 묻은 흙을 씻어주려는 듯 더욱 거세집니다.

식어가는 여름

다름나무 평상에 그늘이 지면
꽃 다듬기 향기롭습니다

목마른 꽃들
이파리 늘어트리고
여름 끝자락
힘겹습니다

꽃은 가을 쪽으로 더 선명합니다

살둔마을에 꽃이 피고 시가 되고

시의 씨앗

 텃밭에 옮겨 심고 버려진 미니화분을 개울물에 씻어 장식용 화분을 만들어봅니다. 쓸모없던 난 화병을 몸통으로 세우고 미니화분을 연결하여 팔과 다리를 만들어줍니다. 바위에 걸터앉은 악동 두 녀석, 머리에 노란 국화꽃이 피면 잘생긴 악동이 되겠죠. 들고 나는 외지인을 반겨주기도 하고 떠나가는 손님들도 마중할 겁니다.

 작은 폐품을 처리하는 것도 쉽지 않은 곳이지만 그래서 소중하게 쓰임새를 찾게 되는 산골입니다. 입추가 지났으니 곧 선선하겠지요. 여름이 용도폐기 되는 중입니다.

태풍 전야

야단입니다
오히려 불안한 고요

고춧대 다섯 번째 줄 쳐주고
가짓대 쇠막대 하나씩 더 박아줍니다

고개 숙인 벼 이삭 허리쯤 끈 둘러 줍니다
장독 뒤 솎아낸 사과나무
다람쥐가 남긴 스무 알
잘 견디길 바라는 마음뿐입니다

계곡에 펼쳐놓은 테이블 낚싯대도 걷어놓습니다
빗소리 들으며 맘먹고
고립될 준비 다 됐습니다

시의 씨앗

태풍이 올라온다고 야단입니다. 이곳은 아직 태풍 전야, 고요가 오히려 불안하기만 합니다. 주변 이곳저곳을 둘러봅니다. 고춧대에 다섯 번째 줄을 쳐주고 가짓대에도 쇠막대를 하나씩 더 박아줍니다.

조경용으로 심은 폐용기 한마지기 논에서는 벼이삭이 고개를 숙입니다. 가느다란 끈으로 허리쯤을 둘러줍니다. 태풍이 몰아치면 속수무책 흔들리겠지만 이렇게라도 해주고 싶은 마음입니다.

장독 뒤에 사과나무, 빨갛게 익어가는 중인데 우선 몇 개를 땁니다. 꽤 많이 열렸었는데 솎아내기도 하고 다람쥐가 갉아먹기도 해서 스무 알 정도만 남았습니다. 태풍에 잘 견디길 바라는 마음 뿐입니다.

계곡에 펼쳐놓은 테이블이랑 낚싯대도 걷어놓습니다. 백 밀리 이상 비가 내리면 계곡물은 불어나 지금까지의 지형을 또 바꾸어놓겠죠.

바람이 한바탕 지나가고 다시 고요해지는 산골, 시시각각 올라오는 태풍의 움직임을 지금은 텔레비전을 보면 알 수 있지만 바람과 소나기가 거세지면 전파가 닿지 않아 먹통이 됩니다. 빗소리 들으며 맘먹고 고립될 준비를 해야겠습니다.

살둔마을에 꽃이 피고 시가 되고

안부를 읽는 방식

태풍은 지나가고
미처 떠나지 못한 빗소리 듣습니다
흠칫 뉘 부르는 소리처럼 들립니다

먼 길 흘러와
창문 두드리는 빗방울
누구의 안부입니까
삶이 헛헛하거든 무작정 내려오라
혼잣말 전해들은 꿈 속
그 사람

꽃잎 한 장 떨어지고
오래도록
빗소리에 골똘합니다

살둔마을에 꽃이 피고 시가 되고

시의 씨앗

태풍은 지나가고 미처 떠나지 못한 빗소리 듣습니다. 빗소리는 뉘 부르는 소리처럼 들리는 것이어서 흠칫 놀라기도 합니다. 지나다가 한번 들리겠다던 어느 지인의 말이 생각나서 반가운 표정을 짓다가 이내 쓸쓸히 돌아섭니다.

먼 길 흘러와 창문 두드리는 빗방울은 누구의 안부입니까. 삶이 헛헛하거든 무작정 내려오라던 내 꿈속의 혼잣말을 전해들은 이 누구입니까. 빗소리가 그 누구의 안부라면 아픈 가슴으로 흐르는 그대 빗물을 받아 내 마음에 풀어놓겠습니다. 누구의 안부인지 알 것도 같아서 촉촉한 감촉을 애써 흘러 보내려 가슴을 쥐어짭니다.

내 안에 품고 싶었으나 흐르는 대로 흘러가는 것이 물의 아름다움이니까 손에 쥐어 본 적 없는 물컹한 그 마음을 가두려 할수록 나를 넘쳐 흘렀던 우리는 합쳐질 수 없는 안부로 흘렀던 기억일 뿐입니다. 꽃잎 한 장 떨어지고 빗물은 여전히 안부마저 흘려보내고 나는 오래도록 빗소리에 골똘합니다.

살둔마을에 꽃이 피고 시가 되고

제2부 '파란'의 마음 흐르는 물결에 다듬어지다

구름이 그린 그림

태풍 지나간 하늘은 캔버스

새털구름 비늘구름 조각구름 송이구름 털보구름 명주실구름 봉오
리구름 대머리구름 갈퀴구름 모자구름 방울구름 렌즈구름 먹구름
뭉게구름 비행기똥구름.

고추 붉어가는 가을 초입
하늘 시집

살둔마을에 꽃이 피고 시가 되고

시의 씨앗

태풍 지나간 하늘은 그대로 캔버스가 됩니다. 수많은 풍경화를 그리다가 서양화를 그리다가 초현실주의 난해한 그림도 보여줍니다.

고추 붉어가는 가을 초입, 하늘은 그대로 시집이 됩니다. 새가 흘리고 간 새털의 애틋함을 노래하다가 전설 속 도깨비가 등장하다가 자연의 웅장함을 써 내려갑니다.

시를 쓰려고 하늘을 올려보다가 하늘이 그린 그림에 빠지고, 하늘이 짓는 푸른 이야기에 그만 반해버리고 맙니다. 마뜩찮은 시 나부랭이는 집어치우고 하루 종일 하늘에 펼쳐지는 그림동화만 소리 내어 읽어봅니다.

제3부

'보라'의 자세
버릴 건 버리고
더욱 실하게 여물다

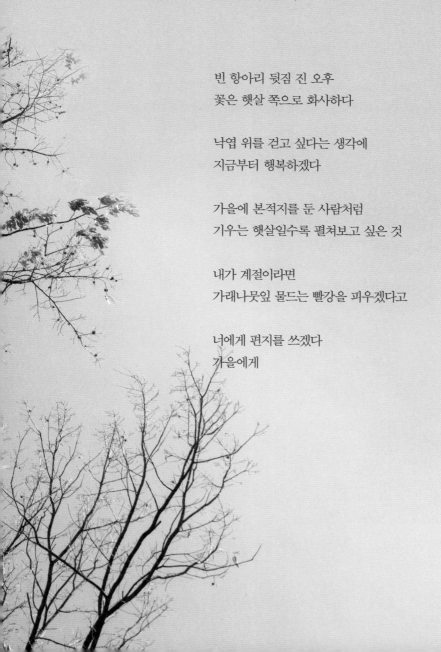

가을에 편지

빈 항아리 뒷짐 진 오후
꽃은 햇살 쪽으로 화사하다

낙엽 위를 걷고 싶다는 생각에
지금부터 행복하겠다

가을에 본적지를 둔 사람처럼
기우는 햇살일수록 펼쳐보고 싶은 것

내가 계절이라면
가래나뭇잎 물드는 빨강을 피우겠다고

너에게 편지를 쓰겠다
가을에게

시의 씨앗

　마당에서 올려다보면 손바닥처럼 보이는 머리 위만 하늘인 산골 짜기에도 광활한 가을하늘이 찾아왔습니다. 개울가에 자잘한 모래 흙을 지게로 져 나릅니다. 유난히 비가 많이 내린 탓에 마당 곳곳이 쓸려나갔습니다. 파인 곳을 메우고 다집니다. 물기가 마르자 마당이 환해집니다.

　주변 곳곳에 꽃이 한창입니다. 나이 먹으니 호르몬 계통에 이상이 생겼는지 꽃이 좋아집니다. 잡초를 베어주니 꽃이 더 돋보입니다. 하늘이, 바람이, 꽃이, 마당이 덩달아 온통 가을이라고 아우성입니다

살둔마을에 꽃이 피고 시가 되고

꽃구름 길

생각이 저 혼자 꽃길을 걸을 때가 있습니다
몸은 여기에 있는데 생각을 담은 발자국이 저만치 앞서갑니다

가끔은 발자국에게 묻고 싶은 게 있습니다
그동안 걸어 본 길 중에 꽃길만 있었냐고,
걸어본 길 중에 평탄한 길만 있었냐고,
걷다가 문득 주저앉고 싶었던 때가 없었냐고,

몸은 삶에 묶여있어도 생각은 날아올랐으므로
닿아본 길 중에 다시 걷고 싶은 곳이 있다면,
그 길에 누군가를 데려가고 싶다면
나,
바로 나였으면 좋겠습니다

나와 나의 생각이 하나인 것처럼
내가 온전히 나로 하나일 때처럼
나와 내가 함께 그 길을 걸었으면 좋겠습니다

나를 챙기는 길

살둔마을에 꽃이 피고 시가 되고

제3부 '보라'의 자세 버릴 건 버리고 더욱 실하게 여물다

가을볕에 보험이라도 들고 싶은 날, 찻잔 속에 한 움큼 가을을 담아봅니다. 길을 잘못 들었는지 두리번거리던 구름 한 무리가 막 산을 넘어갑니다. 힘에 부쳐 더 이상 순을 뻗지 못하는 호박덩굴을 걷어내고 늙어 단단히 여문 단호박을 허공에서 내려줍니다. 마른 고추는 꼭지를 떼어내고 철모르고 고랑을 넘나드는 고구마 줄기는 순을 잘라 다듬습니다. 식용유에 달달 볶으면 한 끼 반찬이 됩니다.

옆지기는 꽃을 덖느라 꽃이랑 바빠서 소소한 일을 거드는 것이 함께 살아가는 방식이 되어버렸습니다. 처마 밑 풍경소리는 늦은 점심을 알리는지 요란을 떱니다.

어느 심심한 가을날

오지에 살다보니

 학교에서 돌아오면 책가방 던져놓고 무쇠솥 바닥 긁어 누룽지 찬물에 말아먹고 그래도 허기지면 무 뽑아 날것으로 먹다가 무청 한 뼘 크기로 잘라 제기차기 물 길어 물 항아리 채우고 이내 풀숲 휘청거리며 꼴 베러 갔습니다 밭둑에 지게 받쳐놓고 꼴 벨 생각은 잊은 채 풀밭에 벌렁 드러누워 먼 산 무심히 바라보았습니다 어둑해지자 허겁지겁 손가락 둘째 마디 꼴 대신 베었던 유년의 비릿한 풀냄새

 봉숭아 대궁
 쓰러지는 가을

살둔마을에 꽃이 피고 시가 되고

시의 씨앗

　오지에 살다보니 살아갈 미래의 계획을 세우는 것보다 과거 기억 속으로 돌아가 그 시절의 풍경을 그리워하는 일이 많습니다.

　학교에서 돌아오면 책가방 던져놓고 무쇠솥 바닥 긁어 누룽지 찬물에 말아먹고 그래도 허기가 가시지 않으면 무를 뽑아 날것으로 먹다가 무청을 한 뼘 크기로 잘라 제기차기하기도 하고 물지게로 길어온 물이 항아리 채우면 이내 꼴지게 지고 지게작대기로 풀숲을 휘청거리며 꼴을 베러 가곤 했습니다. 밭둑에 지게 받쳐놓고 꼴 벨 생각은 잃어버린 채 풀밭에 그냥 벌러덩 누워 바지춤을 만지작거리다가 이유 없이 딱딱해지는 슬픔에 먼 산 만 무심히 바라보았습니다. 날이 어둑해지면 그때서야 허겁지겁 꼴을 베다가 손가락 둘째 마디에서 뚝뚝, 떨어지던 비릿한 피 냄새에 울컥해져서 눈물 한 방울 훔쳤습니다. 그날, 노을은 마냥 붉었던 내 유년의 비릿한 풀냄새는 진한 기억으로 남아있습니다.

　오지에서 살다보니 딱딱하게 사는 것보다 살가워 말랑하게 사는 것도 괜찮지 않나 싶습니다. 봉숭아 대궁이 말랑, 쓰러지는 가을, 군용 비행기가 산꿩을 울리며 유년 쪽으로 날아갑니다.

고목의 환생

생을 마감한 고목나무
벼락이라도 맞았는지 그을린 피부
죽어서도 묏자리 하나 자리 잡지 못하고
장맛비에 떠내려왔네

긁히고 부러진 상처들
속살만은 지난 세월을 둥글게 말아쥐고서
직립의 생,
그 처절한 이야기를 품고 있었네

예를 갖추네
톱질하고 다듬는 것은 나무에 대한 장례
살아서 발밑에 두었을
꽃과 풀과 가지런한 바람소리
그림으로 달래주네
향기와 따스함은
꽃차가 대신 하겠네

나와 함께 천 년을 같이 하겠나.

제3부 '보라'의 자세 버릴 건 버리고 더욱 실하게 여물다

시의 씨앗

우리 살아 온 날을 고이 접으면 한 폭의 그림이 될까. 그림을 펼쳐놓으면 우리 지나온 삶이 향기로울까. 장마에 떠내려온 고목을 주워 이리저리 다듬거나 얇게 잘라줍니다. 얇게 잘린 것은 압화押花해서 차받침용으로 쓰고 조금 두껍게 잘린 것은 연필꽂이나 소품으로 만듭니다. 드릴을 손에 쥐니 뚫고 싶은 욕망이 먼저 샘솟고 쓸데없는 욕망이 연필꽂이를 만들어 놓았습니다.

마당 주변 꽃이나 잎을 따다가 얇게 잘려진 나무판에 압착시켜봅니다. 동그란 나무판에 꽃과 잎을 가지런히 올려놓고 흰 천으로 덮어서 고정시킨 다음 고무망치로 두들기면 색감이 나무에 압착됩니다. 구도를 대충 잡은 후 꽃잎을 압착하면 되는데 코스모스가 원형에 가깝게 잘 됩니다. 줄기는 메리 골드나 플록스도 좋습니다.

차받침을 만들었으니 꽃차를 우립니다. 오늘 시음엔 황화코스모스 은은한 향이 색깔만큼 부드럽습니다. 오늘을 고이 접었다가 세월이 흐른 어느 날, 흰머리 쓸어 올리며 다름나무 그늘 아래에서 차를 마시게 되면 우리 살아온 날들이 향기롭겠지요. 차는 식어가도 마음은 오래도록 따스해지겠지요.

가을 단상

마당에 붉은 사랑을 넌다.
김매느라 저린 손, 매운 시골살이
마음도 태양초처럼 뜨거웠겠다.

사랑의 고추라면 좋아할 것이라는
섣부른 마음은 약이 올라
붉게 펼치는 한낮의 사랑놀이

내심, 수줍은 미소
풋풋하길 기대했는데
탄저병 걸린 고추 솎아내야 된다며
고추는 장난치는 게 아니라며
흘긴 눈 맵다.

살둔마을 유기농 사랑법은
그저 밭고랑 사이사이
두런거리는 호미질,
두더지 지나가 들뜬 고랑
방아 찧듯 맨발로 밟아주는 일

철없어 붉기만 한 심장

포대자루에 고스락, 담겨지던 나절
하늘은 참 깊어 푸르고

시의 씨앗

떠날 것은 떠나고 여무는 것은 여물어가는 9월입니다. 가을장마가 끝나자마자 주말 내내 소나기 요란했습니다. 개울물은 또 불어서 이끼 낀 돌멩이를 깨끗이 씻어주었습니다.

어제 어항을 놓아둔 채 아침에 나가보니 어항이랑 깻묵이랑 흔적도 없이 떠내려갔습니다. 떠내려간 어항은 어느 삼각주에 닿아서 피라미를 붙잡고 있을까.

매끈하게 잘 생긴 선비도토리는 하늘을 버리고 모래톱에 떨어져 키재기를 하고 있습니다. 양볼이 볼록하도록 도토리를 입에 문 다람쥐가 서둘러 나무 위로 올라갑니다. 떨어진 도토리를 참나무에게 돌려주려는 것일까.

텃밭 토마토는 비바람을 견디지 못하고 그만 주저앉아 버렸네요. 방울방울 굴러다니는 저 방울토마토, 유기농을 좋아하는 닭들에게 좋은 간식거리가 되겠죠.

빨갛게 익은 고추를 그늘에서 이틀을 재웁니다. 잘 숙성된 후에 햇볕에 말려야 색깔 좋고 맛 좋은 태양초가 되기 때문이죠. 고추는 키우는 것 보다 말리는 게 더 어렵네요. 살면서 키우는 것에만 쓸데없이 공을 들였지 마무리에는 서툴러서 마음은 슬그머니 맵습니다.

김장배추 심은 후에 잦은 비로 배추랑 무는 물을 실컷 먹으며 잘 자라고 있습니다. 여린 배추 맛을 기억하는지 배추벌레가 벌써 배춧잎을 군데군데 갉아먹고 있습니다. 나무젓가락으로 여린 배추 잎을 들척거리며 벌레를 잡습니다.

　며칠 만에 마당에 햇살 가득합니다. 떠내려갈 것은 떠내려가고 여무는 것은 더욱 실해지는 9월, 오늘부터 가을입니다.

마당에서 캠핑

가끔은
하늘을 올려 보라던
어느 구석진 자리
깜박이는 별 하나 있거든
소리 없는 미소 보여 주라던

가끔은
외로워 술잔 기울일 때
맑은 소주 한잔
별빛 향해 건네 달라던

가끔씩
하늘을 올려다보면
지워질 듯 희미한 별빛 하나
힘겹게 깜박이는 게
너일 것만 같아

이제는
애써 빛나려고 하지 마
너인 채로 편히 쉬고 있어
너를 향해
내가 깜박일 테니까

살둔마을에 꽃이 피고 시가 되고

시의 씨앗

모닥불보다 먼저 깨어난 아침, 부지런한 햇살이 쏟아져 들어오고 맨발의 다람쥐는 발자국도 없이 분주히 마당을 가로지릅니다. 사람 한 마리쯤(?) 은 우습다는 듯 주워놓은 도토리를 볼록하게 입 속에 물고서 유유히 사라집니다.

    20대의 캠핑은 여자 친구를 위한 것,
    30대의 캠핑은 아이들을 위한 것,
    40대의 캠핑은 옆지기를 위한 것일 테고,
    50대의 캠핑은 나를 위한 캠핑이기를
    자연으로 돌아가기 위한 학습의 단계 같은.

가림막으로 쳐놓은 천막 위로 햇살이 퍼지자 엊저녁 재가 되어 날아온 나무의 이력들이 난분되어 흩날립니다. 직립을 꿈꾸었으나 한 줌의 재로 변해버린 나무의 흔적을 털어낼까 하다가 그냥 내버려둡니다. 바람이 불면 자연히 날아가겠지요.

산까치 떼가 매자나무에 가득 내려앉습니다. 싫지 않은 듯, 나뭇가지는 흔들어 새들을 안아줍니다. 청천에 실구름 여여하고.

대가족 한가위 보내기

모닥불에 둘러앉은 얼굴들은
생각이 같아서일까 붉디붉다

누이의 모습에서 어머니가 읽히고
내 얼굴에서 아버지의 표정을 끄집어냈을까
우리 모두가 부모의 나이로 살고 있는
업어 키웠던 막내도 불혹이고
몇 년째 잊고 살았던 나이

사그라들던 모닥불에 검불을 얹는다
타오르는 불꽃에 연기는 매워서
연기 따라 붉은 얼굴이 재채기를 한다
삶의 매운 연기는 방향을 알 수 없는 것

한가한 가족이 둘러앉은 모닥불
서늘함에 껴입은 외투에
매캐한 불 냄새가 쉬이 지워지지 않겠다
연기 따라 머문 허공
한가위 보름달 그저 밝다

제3부 '보라'의 자세 버릴 건 버리고 더욱 실하게 여물다

159

살둔마을에 꽃이 피고 시가 되고

시의 씨앗

한가위 보름달이 구름 속으로 사라지자 가을비가 내립니다. 아무도 없는 고향 대신 마당 넓은 화전마을로 형제들이 모였습니다. 팔남매 대가족이다 보니 종교도 달라서 형제1. 2. 4. 6은 기도를 하고 형제3은 차례를 지내고 나머지는 눈치껏 보내는 명절 풍경입니다.

가마솥 뚜껑에 돼지기름을 두르고 전을 부칩니다. 이제는 성인이 된 조카들이 나섭니다. 솥뚜껑에 전을 부쳐본 적이 없는 옛날 방식인데 용케도 잘하고 있습니다. 지켜보는 것만으로도 배가 부르고 흐뭇합니다. 자식들이 먹는 것만 봐도 배부르다던 얘기가 이제는 가슴에 와 닿습니다. 불길이 타오르고 밤은 깊어갈수록 부모님이 그리워지는 밤입니다.

고소한 날

잘 마른 들깨 수확합니다
탁탁 부지깽이 깻단 두드릴 때마다
화전마을 가득 고소합니다

중년 부부 이십 년살이
고소한 일 어디 흔할까요
납품대금 떼먹은 거래처 사장
고소한 것 외엔 고소한 일 별로 없습니다

바람에 검불 날립니다
키 작은 옆지기 키질
바람과 합작품
쭉정이는 날아가고 알맹이만 남았습니다
고소한 마음
두어 됫박 수확했습니다

살둔마을에 꽃이 피고 시가 되고

제3부 '보라'의 자세 버릴 건 버리고 더욱 실하게 여물다

시의 씨앗

귀촌해서 제일 고소한 날입니다. 잘 마른 들깨를 수확합니다. 깨를 베면서도 한 움큼이나 나오려나. 깻잎 먹자고 심은 거여서 삼겹살 구울 때마다 고소한 맛을 본 터라 굳이 큰 수확을 기대는 하지 않았습니다.

부지깽이로 탁탁, 깻단을 두드릴 때마다 화전마을 마당 가득 고소한 냄새가 퍼지고 깨알이 쏟아집니다. 더러 튕겨나간 알갱이는 모래알 속에서 겨울을 나서는 봄이 되면 또 고소함을 피우겠지요.

20여 년을 살아 온 중년 부부에게 고소한 일이 어디 흔할까요. 털어낸 들깨 알갱이들이 제법 뒹굽니다. 가장 원초적인 방법이 가장 현실적인 것, 바람에 검불이 날립니다. 바람의 속도와 풍향에 따라 본 적 없는 몸이 저절로 반응을 잘 합니다.

깨알보다 작은 쭉정이를 골라내는 것은 키질, 부채질하듯 키질하는 옆지기의 작은 키가 키질하기에 최적화된 상태로 보입니다. 바람과 키의 합작품으로 쭉정이는 날아가고 알맹이만 남습니다.

마음으로부터 키를 흔들어 봅니다. 숨을 들이쉬듯 차분히 마음을 부채질 하다보면 욱했던 마음은 바람에 날아가고 진정성 있는 마음만 알갱이로 남겠지요. 고소함을 두어 됫박 수확합니다. 마당에 가득했던 고소함도 또 내일은 소멸되어 가겠지만 고소한 마음은 유리병에 가득 담아 놓겠습니다. 목이 칼칼하지만 오늘은 막걸리를 멀리합니다. 들깨를 타작할 때 막걸리를 마시면 술이 덜 깨니까요.

이삭줍기

화전마을 밤바치에 대형 트럭 드나듭니다
고랭지채소 밭뙈기 수확 한창
속이 꽉 찬 양배추
삼 년 땅속 몸집 키운 더덕
어른 허벅지 무
박스 채 도시로 실려갑니다

오늘은 더덕밭으로 이삭줍기 나섭니다
트랙터가 비켜간 귀퉁이 조심조심 파헤치니
더덕향 가득합니다
귀룽나뭇잎 낮술 취해
불그스레 물듭니다

시의 씨앗

　화전마을 밤바치길에 대형 트럭이 드나듭니다. 고랭지 채소가 밭 떼기로 넘겨져 수확이 한창입니다. 속이 꽉 찬 양배추, 삼 년을 땅속에서 몸집을 키운 더덕, 어른 허벅지만한 무, 제각각 맞는 박스에 담겨져 도시로, 도시로 실려 갑니다.

　수확 끝낸 밭고랑에 호미 하나 들고 나섭니다. 양배추밭에는 통이 작아 상품화되지 못한 것이 널려있고 무밭에는 흠집 난 무가 허연 허벅지를 드러낸 채 뒹굴고, 트랙터가 비켜간 더덕밭에는 땅속 어딘가에 더덕이 더덕더덕 숨어있습니다.

　더덕밭으로 이삭줍기를 나섭니다. 일하러 가는 길이지만 단풍이 물들기 시작한 밤바치길은 온통 가을 절정이어서 소풍가는 길처럼 설렙니다. 더덕밭, 트랙터가 미치지 못한 귀퉁이를 조심조심 파헤칩니다. 땅속 깊이 숨어있어서 호미질에 부러지기도 하지만 온전히 실한 놈은 횡재가 아닐 수 없습니다. 사실 손목 굵기만 한 대형 더덕도 캤는데 비밀로 합니다.

　집 안에 더덕향이 가득합니다. 양념구이는 밥반찬으로 먹고, 들기름 살짝 둘러 구운 더덕구이는 돌배술 안주로 먹습니다. 어떻게 먹든 더덕은 고급스런 향기가 제맛입니다.

　　　　　　　　　　　　　　　살둔마을에 꽃이 피고 시가 되고

농사짓지 않아도 잠깐 부지런을 떨면 청정 먹거리를 실컷 먹을 만큼 얻을 수 있는 곳, 살둔마을의 밭고랑마다 넉넉함이 뒹구는 가을입니다. 밤바치길에 도열한 귀룽나뭇잎이 낮술에 취한 듯 어느새 불그스레 물이 듭니다.

살둔마을에 꽃이 피고 시가 되고

가래열매

가을 짧다고 가래나무 노랗게 물든 나뭇잎 흔들어댑니다
맨손으로 잡으면 옻 옮듯 가려운
웅덩이 버들치 기절시키는
독한 가래나무 열매

한 말짜리 페인트 통에 넣고
장화발로 밟으면
반질반질 호두알이 됩니다

곤줄박이 놀라 푸르릉 날아가는 저녁입니다

가을이 짧다고 가래나무 갸르릉 노랗게 물든 나뭇잎을 흔들어댑니다. 흔들다 겨우 잦아들자 가래열매 떨어지는 둔탁한 소리에 바구니 하나 챙겨서 가래나무 아래를 서성거립니다.

맨손으로 잡으면 옻이 옮듯 가려운 가래나무 열매, 개복숭아만한 열매를 짓이겨 웅덩이에 풀면 버들치들 기절하여 떠오르던 독한 나무, 가래나무 아래 떨어진 지 며칠 지난 가래열매를 주워 밤을 까듯 씨앗을 분리합니다.

한 말짜리 페인트 통에 넣고 장화발로 밟으며 이물질을 제거하면 제법 반질반질한 토종 호두알이 됩니다. 주름진 홈에 박힌 이물질을 한 번 더 깨끗하게 제거하고 들기름을 발라주면 여러 가지 쓰임이 있는 소품 인테리어가 됩니다.

　　맨손에 두 알을 쥐고 굴리면 손바닥 지압용이 됩니다. 낡은 바구니에 수북이 담아놓기만 해도 토속적인 인테리어가 됩니다. 이 많은 양을 어디에 쓸지는 생각 좀 해봐야겠습니다. 작은 솟대에 장식으로도 써보고, 실에 줄줄이 꿰어 처마 밑에 주렁주렁 걸어놓기도 하며 여러 가지 쓸모를 찾아봐야겠습니다.

　　오늘도 공짜로 얻은 가래열매와 하루 종일 걀걀거리다보니 금세 어둑해 집니다. 가래열매 또 떨어지는지 곤줄박이 놀라 푸르릉 날아가는 저녁입니다.

가을애愛 낚시

온 산에 단풍
밑밥으로 뿌리고
집어등은 달
별로 빛나는 찌
채비를 갖추고
풀벌레 울음소리
바늘에 꿰어
허공, 그 아득한 깊이
낚싯대 드리운다

갈대밭
키를 낮추며 첫 키스
짧은 입질에 긴 손 맛
내 편일 거라고
나만의 어망에 가두려다
놓쳐버린 월척의 세월

어망은 인연의 울타리
사랑으로 직조된 뜰채
서로의 마음을 이어주는
삶의 받침대는 견고할 것이라는
나만의 찌맞춤
챔질엔 헛웃음만 걸려있다

가을이 유영하는
회한의 강가
빈 낚싯대엔
가라앉은 추억만이
일렁이며 일렁이며

오! 지독한 멀미여

시의 씨앗

습관처럼 표정을 바꾸는 하늘을 올려다봅니다. 잠깐 한눈팔다가도 다시 올려다 본 하늘엔 눈을 뗄 수 없는 그림이 말을 걸어옵니다.

깨도 털어야 되고 콩깍지도 발라야 되고 가시오가피 열매도 따야 되고 몇 개 남지 않은 마가목 붉은 열매도 씨로 받아야 된다는, 옆지기의 잔소리는 들리지 않고 구름이 지나는 말, 바람이 흘리는 미소, 햇살이 두런거리는 소리만 들립니다.

커피 마시라구~ 옆지기의 말이 짧아지면 열 받았다는 증거지요. 캠핑의자에 깊숙이 박힌 엉덩이를 빼는데 한참 걸립니다. 느릿느릿 시골 생활에 완전히 적응했다는 증거겠지요.

살둔마을에 꽃이 피고 시가 되고

가을습작

마당에
달빛을 찍어
풍경을 쓴다

두견새 우는 간격
또박또박
고딕체로

끊어질 듯
초여름 밤의 산모기
가는 필기체로

그대 향한
가슴 떨림은
취기어린 흘림체

달밤에
물결무늬로 흘려보내는
그리움 한 페이지

제3부 '보라'의 자세 버릴 건 버리고 더욱 실하게 여물다

가을비가 고즈넉한 아침을 화전마을에 내려줍니다. 나는 홀로 된 나비가 되어 무디어진 가슴을 적시려는 듯, 습습한 이곳저곳을 파닥거립니다. 내 안에 가을을 안아 볼 수 있을까?

계절이 던져놓고 간 수많은 감탄사와 격조 높은 문장들은 화전마을의 시시한 일상을 채워가기에 좋은 양식입니다. 가을비가 내려준 고즈넉한 풍경에 겨울의 예후가 되는 산자락 안개처럼 스며, 붉게 물들다가 몸살로 앓아누워도 좋겠습니다.

살둔마을에 꽃이 피고 시가 되고

꽈리

잊을 수 없어
서랍에 고이 숨겨놓은
첫사랑의 손 편지

자작나무 껍질처럼
하얗게 떨리던 마음
차마, 속으로 붉어

심장에 박힌 너의 씨앗
파내야 살 것 같아
바지랑대로 긁으며, 긁으며

불면 날아갈까
혓바늘에 못이 박히고

이젠, 너도 누군가의
마음 한편에 붉은 심장으로
물들어 있을까

네가 내 줄기에

붉은 꽃이었다면

함께 피웠을 휘파람

시의 씨앗

꽈리 속으로 햇살이 투영되는 아침, 간밤 꿈속에 지었던 목조주택 다락방에 쟁여두었던 상념들로 어지럽습니다. 오늘도 집을 새로 지었다가 부수며 찢어진 검은 비닐이 나뭇가지에서 펄럭거리듯 난난분분亂亂紛紛 어지럽습니다.

꽈리 속에서 털어내는 말간 햇살이 휘파람 소리를 내며 가을이 떠나야 할 때를 알립니다. 차갑게 여울지는 개울 흐름에서 낙엽은 둥근 나이테로 돛을 달고 햇살에 밀려 여행을 떠나고 있습니다.

삶의 맥락은 먼 여행 같은 것, 귀촌은 삶에 밑줄 하나 새로 긋는 것. 달빛의 둥근 울타리를 벗어난 상념들로 아침은 희망이 가득하고 밤은 생각으로 아직도 캄캄한 귀촌의 삶은 자유여행처럼 계획이 자주 바뀝니다.

살둔마을에 꽃이 피고 시가 되고

제3부 '보라'의 자세 버릴 건 버리고 더욱 실하게 여물다   185

보랏빛 추억

산머루 한 소쿠리 따다가
막소주 부어 담갔는데
빛깔이 어쩌나 고운지

사무실 작은 냉장고에서
농익기도 전인데
고운 빛깔에 포도주스인 줄 알고
벌컥 마신 미스 김

하필이면 바이어 오신 날
발개진 얼굴로 연신
딸꾹질하는 모습에
질투는 왜 나는지

유리병 속에
산머루 딸꾹질하며 익어가는
그 보랏빛 추억

살둔마을에 꽃이 피고 시가 되고

제3부 '보라'의 자세 버릴 건 버리고 더욱 실하게 여물다

시의 씨앗

텃밭 관리기에 휘발유 가득 채우고 잔디랑 주변 잡초를 정리합니다. 낫질로 풀을 깎으려면 하루 품을 팔아야 했었는데 관리기가 일손을 수월하게 덜어줍니다. 농사는 농부의 발걸음이 아니라 장비가 전부라 생각합니다.

잡풀정리를 금세 끝내니 벌초 마친 것처럼 마음속까지 후련합니다. 정리된 숲길을 따라 주변을 살피다가 지천인 머루랑 다래를 한 소쿠리 따다가 술을 담급니다. 머루로 술을 담글 때면 생각나는 미스 김, 지금쯤은 딸꾹질도 멎었겠지.

살둔마을에 꽃이 피고 시가 되고

가을걷이

설악산에 첫눈 왔다
국화꽃 따느라 소홀했던
무 뽑아 저장하고
시래기 처마 밑에 걸어두고
삶기도 하고

아직 남은 마당 장작불에
삼겹살로 늦은 점심

　설악산에 첫눈이 왔다는 소식입니다. 화전마을에도 곧 눈이 오겠지요. 국화꽃을 따느라 돌보기를 소홀했던 가을걷이를 서두릅니다. 무는 얼기 전에 뽑아서 저장하고 시래기는 처마 밑에 걸어두고 일부는 삶기로 합니다. 삶은 후 말려두면 바로 먹을 수 있다는 옆지기의 아이디어에 군말 없이 군불을 지핍니다.

　마당에 대충 만들어놓은 아궁이가 추워지자 쓸모가 많습니다. 시래기 삶느라 뜨끈한 장작불에 삼겹살로 늦은 점심을 챙깁니다. 남들은 일부러라도 캠핑장에 가는데 마당에서 캠핑을 하니 얼마나 좋으냐고 스스로를 위안하며 국화 와인을 반주로 따릅니다.

　풀어놓은 오골계 파와 청계 파가 던져주는 삼겹살에 싸움도 잊은 듯 밥상머리까지 다가와서 입맛을 다십니다. 삼겹살 몇 조각 던져주

자 닭발이 바빠집니다. 이제는 삼겹살 굽는 시늉만 해도 먹이를 주는 줄 알고 쫓아오는 놈들입니다. 술래잡기, 그림자놀이. 배부른 닭을 데리고 그림자놀이를 합니다. 길어지는 그림자만큼 닭들과의 거리는 좁혀지겠지요.

낯선 방문

추억을 지우는 것이 이별의 쇠락이라면
우리 푸르렀던 감정도 하얗게 지우겠습니다

지우기 위해 가물거리는 기억 속으로 들어가
발자국마다 저장된 이름 하나씩 내려놓으며,
이름 뒤에 따라오는 표정을 생각합니다

피식, 웃음이 새어나오는 이름
당장이라도 달려올 것 같아 숨이 가빠지기도 하는 이름
다시는 불러볼 수 없어 금세 눈물이 도는 이름, 이름들

꺼내기조차 아득한 이름을 내려놓을 때마다
발걸음은 무뎌지고
가슴은 노을처럼 붉어지는 것이어서
휘청이며 걷는 길은 온통 잿빛입니다

함께하지 못한 그리운 사람들을 생각하면서
하늘을 올려다보는 눈가에 설핏, 별빛 하나 스쳤다면
아직 나를 떠나지 못한 이름 하나
허공을 떠도는 것인지도 모릅니다

살둔마을에 꽃이 피고 시가 되고

어둠은 금세 풍경을 지우고
물기 묻은 이름 하나씩 지우며 돌아가는 길
그리움을 밟으며 오래도록 어두워지겠습니다

쓸쓸한 목적이 예견되는 밤
지우는 것도 그리움의 방식이라면
아득한 풍경처럼 켜켜이 멀어지겠습니다.

멀어진 이름 하나 내려놓고 오늘은
오래도록 그리움에 골똘하겠습니다

시의 씨앗

늦은 점심을 먹고 있는데 낯선 차량이 마당으로 들어섭니다. 오십대 후반의 부부는 SNS에 올렸던 사진을 보고 왔다며 마당에서 불을 피워놓고 삼겹살만 구워먹게 해 달라고 청합니다. 아들을 데리고 왔는데, 사실 장애를 가지고 있어서 식당에 갈 형편이 못되니 헤아려 달라 사정합니다. 부모의 간절한 마음이 배어 있습니다.

마른 장작 넉넉하게 불을 피우고 늘 쓰던 구이용 돌판과 캠핑테이블로 세팅해 주었습니다. 깻잎이랑 상추랑 오이고추를 따다 주고 손수 가지고 온 일회용 즉석밥 '햇반'을 데워 주었습니다. 머뭇거리는 부부 눈치를 보고 필요한 거 있으면 말씀하시라 그 말 한마디 남기고 거실로 들어와 조용히 밖을 응시합니다. 차에서 내리는 아들은 손가락 하나 움직일 수 없는 중증장애로 침대에서 일으켜 앉히고 턱받이를 하며 식사준비를 하는 데에만 30여분이 걸립니다.

화전마을 해는 금세 마당을 비켜갑니다. 바람도 제법 쌀쌀해집니다. 식사를 마쳤는지 설거지하는 물소리가 차갑게 들립니다. 삼겹살을 구웠던 돌판이랑 그릇은 깨끗하게 정리를 해놓았습니다. 덕분에 아들에게 맛난 고기를 구워주었다고 연신 고마움을 표합니다.

얼마를 주면 되냐고, 해준 것도 없으니 받을 것도 없다고, 그러면 너무 미안해서 안 된다고 그렇게 돈을 주려는 부부와 돈을 받을 수 없다는 내가 옥신각신하는데 옆지기가 차나 한 잔 하시라고 부부를 거실로 안내합니다.

생강나무 노란 차향이 은은합니다. 따스하게 마시던 차가 식어갈 즈음 아들의 상황을 먼저 이야기합니다. 루게릭병을 앓고 있던 큰아들을 먼저 하늘로 보냈는데 작은아들도 같은 병을 앓고 있다고 합니다. 이제 이별할 시간이 많지 않아서 아들에게 맛난 고기를 마음껏 구워주고 싶어서 여기까지 오게 되었다고 담담하게 말을 합니다. 디자이너였던 안주인과 사업을 했던 바깥양반은 모든 걸 접고 오직 아들과 시간을 보내고 있는 중이라고 합니다. 두 아들을 보내게 되는 부부의 심정이 아프게, 아프게 다가옵니다.

눈 내린 겨울풍경이 참 예쁘니 겨울에 다시 꼭 오시라고, 겨울에 눈이 오면 꼭 다시 오겠다고. 그 인사만 몇 번을 주고받았는지. 눈 내린 겨울을 이렇게 간절하게 기다려본 적이 있었을까. 구름 낀 하늘을 자꾸만 올려다 봅니다.

원예치료

구름이 등고선에 걸친 아침
마당에 가을비 내리고

나는 홀로 된 나비가 되어
무디어진 가슴을 적시려는 듯
습습한 이곳저곳을 서성거립니다

내 안에 가을을 안아 볼 수 있을까

계절이 던져 놓고 간
수많은 감탄사와 모방할 수 없는 문장들은
아픈 마음에
채워가기에 좋은 양식입니다

가을비가 데려다 준 고즈넉한 풍경에
겨울 예후가 되는 산자락 안개처럼
스며, 붉게 물들다가
앓아누워도 좋겠습니다

살둔마을에 꽃이 피고 시가 되고

시의 씨앗

찾아오는 이 드문 이곳에서 무르익은 가을을 가슴으로 품어봅니다. 누군가 반가이 찾아오면 그렇게 파란 하늘 넉넉한 그리움으로 가슴에 품겠습니다.

건국대학교 원예복지사 과정 주임교수님과 동기들이 찾아왔습니다. 과정은 마쳤지만 자격증 시험이 남아있어서 가끔 소통하며 지냈는데 이번에 나들이 겸 오지를 찾아왔습니다. 꽃과 식물을 활용한 원예복지사로 열심히 활동하고 있는 분들과 원예복지사로서 새로운 길을 모색하려고 동분서주하시는 분들이어서 자연을 사랑하며 더불어 치유로 타인의 상처를 어루만져주는 멋진 원예복지사들입니다.

내가 먼저 자연 속에서 행복할 때에야 찾는 사람에게도 설득력있게 제안하고 안내할 수 있듯 이번 모임에서는 우리가 먼저 즐기고 자연 속에서 행복하기를 바랐던 것입니다. 마당에 모닥불 피우고 돌판에 구운 삼겹살은 막걸리 안주로 먹고 동해에서 금방 잡혀온 고등어는 점심 반찬을 해결합니다. 가을햇살이 들이치는 걸 막아주는 파라솔 아래에서는 음식보다는 정감 있는 이야기들이 더 배불렀습니다.

콧구멍다리 건너 밤바치길을 걷기도 하고, 개울가에서 낚싯대를 휘둘러보기도 합니다. 햇살이, 빨갛게 물든 단풍잎이, 발에 밟히는 자갈이, 물살에 어른거리는 하루살이 떼가, 돌 틈에 기댄 모래모지가 오늘은 친구가 되고 말동무가 됩니다.

그림자 길어지더니 곧 어둑해집니다. 모닥불 지피자 마음부터 따스해지고 부지깽이는 연신 불꽃을 피우느라 점점 짧아집니다. 가마솥에는 엄나무 듬뿍 넣은 백숙이 허연 입김을 내뿜고 아궁이에 묻어놓은 고구마는 뜨거운지 요란을 떠는 밤, 막걸리가 떨어지면 맥주가 나오고 맥주가 떨어지면 소주가 있고 소주가 떨어지니까 고운 빛깔 맨드라미 와인이 등장합니다.

수료한 제자들과 모처럼 함께하신 주임교수님은 이런 게 진정한 원예치료가 아니겠는가. 우리가 먼저 행복한 삶을 살아야 상대방에게 행복해지는 방법을 안내하는 것이라며 힘을 실어줍니다.

모임의 마지막 체험은 옆지기의 꽃차로 마무리합니다. 생강나무차가 향기롭다면 목련차는 은은해서 감기 기운에 좋습니다. 사실 어디에 좋은 게 그게 대순가요. 먼 길 달려와서 마음을 나누고 서로에게 덕담을 주고받고 원예치료 과정을 몸소 체험하며 조언을 해주는 동기들의 응원이면 더 이상 바랄 게 없지 싶습니다.

상현달 비켜간 산등성이에 별이 가득합니다. 떠나는 동기들의 차량 후미등이 별빛을 헤치며 가을 속으로 떠납니다.

길의 간격

산에서 내려온 햇살이
신작로를 따라 그림자 앞세운다
먼 옛날
이 길을 오갔을 화전민 발자국
그 자취를 따라 걷는다

소 팔러 읍내로 향하던 주인을
묵묵히 따랐을 그렁한 소의 눈물 자국
주인과의 거리는 몇 발자국인데
마음의 간격은
산 하나를 넘었을 테지
해는 지고
시래기 밥 고봉으로 따끈한 아랫목
장에 간 서방 손에 들렸을
고등어 한 손 기다리며 장판처럼
시커멓게 타들어 가는 속
소 판 돈과 아랫목의 간격은
큰 산 두어 개를 넘어야 했겠다

산에서 내려온 달빛이
어둠을 말아 올리면

들리는 듯 아득한 만큼
휘청거리며 걸어가던
아버지 발자국 소리

 한적한 신작로를 걷습니다. 발에 밟히는 울퉁불퉁한 비포장 길이 유년으로 되짚어가는 덜컹거림 같아서 걸을 때마다 정겨운 모습으로 다가오는 밤바치길입니다.

 한 무더기 바람이 불 때마다 가랑잎이 삐라처럼 날립니다. 사그락거리는 나뭇잎 몸짓은 가을 행간에 스며드는 동심입니다.

살둔마을에 꽃이 피고 시가 되고

제4부

'하얀'의 성분
얼음 위에서
길을 찾다

겨울 파종

눈 내리는 날엔
서둘러 꽃씨를 뿌린다.
겨울 잘 나야
꽃다운 꽃을 피운다던
아버지 말씀
이듬해 봄
불러왔던 어머니 배

해마다 피는 가을 예쁜 꽃
다섯째까지는 꽃 이름 외우다가
여섯째부터는 알 바 아니다
그 해 가을꽃은 또 피고
늦둥이 보았던
겨울밤.

살둔마을에 꽃이 피고 시가 되고

시의 씨앗

백열등 아래인 듯 시린 아침입니다. 눈은 밤새 내려야 한다는, 그
래야 더 눈 같은 눈이라는 생각입니다. 해마다 맞는 눈일 텐데 화전
마을에 내리는 눈은 동화 속처럼 설렘 가득 쌓여있습니다.

사람 발길 닿지 않은 작은 오솔길이 생겨납니다. 고라니며 너구리
며 닭들이 보고 놀랐을 야행성 동물들이 만들어낸 길이겠지요. 시
야에서 비켜선 것들이 어쩌면 진실에 더 가까울 수 있을 거라는 생
각이 눈덩이처럼 커집니다. 눈에 보이는 것만이 진실이라고 믿었던
도시의 생각이 한 겹 벗겨집니다. 넉가래로 마당 배를 가릅니다. 간
혹 돌부리에 걸려 넉가래 손잡이에 내 배를 찌르는 아픔이 있지만
그래도 기분 좋은 웃음꽃이 연신 피어납니다.

살둔마을에 꽃이 피고 시가 되고

쉼, 눈은 쉼이었으면 좋겠습니다. 수캐처럼 쓸데없이 돌아다니는 하루여도 마음은 그저 편안했으면 좋겠습니다. 생각을 멈추고 쉼 같은 여유로운 눈을 맞이하면 좋겠습니다. 산등성이에 바람이 지나가는지 떡시루 엎어지듯 눈이 쏟아져 날립니다. 산불이 난 듯 온 산에 소나무를 흔들어 뽀얀 풍경을 그려줍니다. 그래도 생각은 흔들림 없이 그저 쉼이었으면 좋겠습니다.

땔감은 겨울의 또 다른 양식

뒷산 초입 굵은 싸리나무
무성해서 밑둥 하나 잘랐더니
새순 예닐곱 가락이 새로 자랐네

꼿꼿하게 잔가지 없어
회초리로 무섭던 나무

찰진 회초리에 반항심은 더 커서
피멍이 들어도 잘못했다는 말은
결코 하지 않겠다며 깨문 입술
바닥부터 갈아엎겠다며
뒷골목 어둠을 두르고 서성거리던 청춘

싸리나무도 그랬을까
자르면 더 무성하겠다는 꼿꼿한 반항
종아리 찰지게 피멍 들게 하는
저 야무진 탄력

휘어지며 꼿꼿하게 걸어온
내 척추의 이력.

시의 씨앗

얼음이 꽁꽁 언 계곡 건너편에 있는 쓰러진 나무가 오늘의 땔감 양식입니다. 얼음 위로 건너가면 발품도 줄고 이동이 편하기 때문에 땔감을 하기엔 지금이 적기입니다.

보기엔 가늘어 보여도 톱질을 하다보면 땀이 날 정도로 굵기만 한 통나무, 밑동은 길게 잘라 새로 만들 화단에 테두리용으로 쓰고, 뿌리를 잘라 낸 그루터기는 화분 받침용으로 쓰면 좋겠습니다. 뭉툭한 나무의 생이 한 짐보다 무겁습니다. 그루터기는 나무의 엔진 같은 것, 뿌리로 퍼 올린 수액을 밀어 올리느라 거칠어진 숨결, 숨결들.

톱질로 드러난 나무의 거뭇한 단면은 올봄, 가뭄에 타들어간 속내가 그대로 그려져 있습니다. 처절한 저 생의 단면을 숨기고 한철 푸른 생으로 살았으리라. 사람들이 오래 전부터 나무를 심고 가꾸는 이유가 나무의 속내를 닮아 사철 푸르게 살고 싶은 둥근 마음이겠다 싶습니다.

얼음 폭포의 고드름을 톱으로 잘라 우두둑 깨물어 먹습니다. 톱날의 쇳내 밴 얼음 맛은 청량함 그 이상입니다. 땔감은 겨울의 또 다른 양식, 얼음은 겨울의 또 다른 청량음료입니다.

살둔마을에 꽃이 피고 시가 되고

손칼국수

저녁은 아내의 넉넉한 칼국수
홍두깨 대신 와인병으로 반죽 밀고
밀가루 흩뿌리며 이불 개듯 잘 접어
가지런하게 칼질합니다

꼬랑지 구워 먹는 맛
형제들로 북적이던 저녁

가마솥 한 가득 칼국수 끓이자 불 때느라 아궁이 앞에 쪼그
리고 앉아 부지깽이 낚서 어머니는 칼국수 자르고 형제들 몰래
밀가루 반죽 구워먹던

바삭한 유년
입가에 맴돕니다

살둔마을에 꽃이 피고 시가 되고

시의 씨앗

금세 추워지며 어둑해지는 화전마을, 저녁은 옆지기의 넉넉한 칼국수 반죽이 기다립니다. 홍두깨 대신 와인병으로 반죽을 밀고 들러붙지 않게 밀가루를 흩뿌리며 이불 개듯 잘 접어서 가지런하게 칼질을 합니다. 끄트머리는 남기라고 칼질할 때마다 졸라댑니다. 끄트머리를 난로위에 구워 먹는 맛.

형제들로 북적이던 저녁, 가마솥 한가득 칼국수 끓고 불을 때느라 아궁이 앞에 쪼그리고 앉아 부지깽이로 낙서를 해대면 어머니는 칼국수를 자르고 끄트머리 한 조각 장작불에 올려 놔 주었습니다. 형제들 몰래 밀가루 반죽을 구워 먹던 그 바삭한 유년의 맛이 입가에 맴돕니다. 가마솥 가득 끓이는 칼국수에 라면 한 개 넣으면 상품 칼국수로 변했고 어쩌다 라면 한 가닥 건져 먹으면 배부름을 넘어 행복했던 시절이었습니다.

궁핍한 시절이어서 더 그리워집니다. 궁핍한 삶을 흉내 내며 살아가고 싶습니다. 산골의 삶은 어쩌면 유년으로 돌아가는 회귀하는 삶인지도 모르겠습니다.

살둔마을에 꽃이 피고 시가 되고

살둔마을에 꽃이 피고 시가 되고

지게를 위하여

외로울 땐 뒤로 걷습니다
내 발자국 보며 사람을 그리워합니다

사람 발자국 귀한 동네
눈 녹으면 유물처럼 드러날 것 같은
얼어붙은 발자국
모두 눈이 지우고 가버렸습니다

고라니, 너구리, 수달, 삵쾡이 무수한 발자국도
눈 속에 묻혔던
내 발자국도

부러진 소나무 지게 만들어
두 발로 서서
저녁 맞이합니다

시의 씨앗

　외로울 땐 뒤로 걷습니다. 내 발자국을 보며 사람을 그리워합니다. 사막에 홀로 떨어져 외로울 때, 뒤로 걸으며 내 발자국을 보았다던 어느 시인의 말이 생각납니다.

　사람 발자국이 귀한 동네, 눈이 녹으면서 눈 속에 얼어있던 발자국이 유물처럼 드러나는가 싶었는데 눈은 또 모든 것을 지우고 있습니다. 고라니, 너구리, 수달, 살쾡이 등 짐승 발자국이 더 난무하는 곳, 눈 속에 묻혀있던 내 발자국을 만난다는 건 오래지 않은 내 과거를 발굴하는 것.

　흔적처럼 얼어붙은 지나간 발자국을 '모음'이라 해두죠. 흐릿해진 발자국 위에 그리움의 발자국을 새기며 뒤로 걷다보면 외로움은 어느새 '자음'의 발자국, 그러니까 사색의 발자국으로 완성되겠다 싶습니다.

살둔마을에 꽃이 피고 시가 되고

부러진 소나무를 다듬다가 'ㅏ'처럼 생긴 부분을 따로 떼어냅니다. 지게를 만들려고 별러 왔는데 마침 부러진 소나무에서 알맞은 모음 두 개를 건졌습니다. 제 발로 설 수 없는 저 모음 두개, 자음의 조립으로 지게가 되면 두 발로 서겠지요. 너끈히 짐도 짊어지겠지요.

빗살무늬 모양으로 부는 바람 때문에 눈은 낮은 곳으로 내몰립니다. 무언가 날아가고 밀려가고 덮어지고 생각마저 난분卵粉으로 날립니다. 모른 체, 마음 가는 대로 자음과 모음의 낙관을 찍으며 이른 저녁을 맞이합니다.

나무 향에도 그리움이 배어나고

남향 차광막 아래 자작나무 껍질
햇살 받아 눈부십니다
옷걸이가 되었습니다

한 뼘 크기 반 가르면
윷이 되었구요
양 갈래 갈라진 지게작대기도
깔딱메기 잡는 낚시대도
종아리 맞았던 회초리도
읍내 내다 팔면 고등어 한 손 따라왔던
나뭇단도
찰진 싸리나무였습니다

고등어 굽는 싸리나무
은은한 향
가슴 속 스미는 아버지

싸리나무 지게작대기 문 앞에 세워 둡니다

살둔마을에 꽃이 피고 시가 되고

시의 씨앗

남향 차광막 아래 햇살이 비추자 자작나무 껍질이 하얗게 눈부십니다. 땔감으로 끌어다 놓은 자작나무로 자작 인테리어를 하나 만들어 봅니다.

자작나무를 일정한 크기로 잘라 사각 틀 안에 배열합니다. 옆으로 자란 가지로는 자연스런 옷걸이가 되게 합니다. 자작나무 하얀 껍질에 쌓여있는 그리움, 그리움을 사각 틀 안에 가두려는 몸짓입니다.

싸리나무에 대해 남달리 애정이 많습니다. 싸리나무를 적당한 크기로 잘라 엮어서 이런저런 용도로 작은 배경을 만듭니다. 굵직한 것을 한 뼘 크기로 잘라 반을 가르면 윷이 되었구요. 꼿꼿하게 뻗어 나가다가 양 갈래로 갈라진 것은 지게작대기로 썼습니다. 가볍고 매끈하고 무엇보다 은은한 싸리나무 향이 무엇보다 좋았습니다.

살둔마을에 꽃이 피고 시가 되고

개울가에서 깔딱메기를 잡는 낚싯대도 가지런하고 탄력이 좋은 싸리나무였고, 말썽을 부리면 종아리를 때렸던 사랑의 회초리도 찰진 싸리나무였습니다. 화덕에 불 지피기 알맞은 크기로 잘라 야물게 묶어놓은 나뭇단은 리어카에 가득 싣고서 읍내에 내다 팔면 고등어 한 손이 따라왔습니다.

고등어는 싸리나무에 구워야 맛나다며 고등어 한 손 구워 팔남매 짭짤한 맛보게 하시고 바삭한 대가리가 더 맛난 거라며 눈알 박힌 대가리만 바스락거리던 아버지, 싸리나무 은은한 향이 가슴 속으로 스미는 걸 보니 부모님 기일 다가오는가 봅니다.

가난했어도 평생 부부싸움 한 번 없으시더니 겨울 속으로 떠나신 아버지, 금슬이 좋아서일까. 이듬해 겨울, 기어이 아버지를 따라가셨던 어머니, 겨울이면 마음에 매 자국 선명하게 그리움으로 아파오는 것입니다.

싸리나무 든든한 지개작대기를 문 앞에 세워 둡니다. 싸리나무 병풍을 방 한쪽에 기대어 놓습니다. 싸리나무 은은한 향이 방안에 퍼집니다. 익어가는 고등어에도 싸리나무 향이 곱게 배어듭니다.

폭설

밤새 눈이 또 내렸습니다
고향 물안골에서도 눈에 못 이겨 굉음 내며 쓰러졌다고
아내에게 옛이야기 삼아 말해도 믿지 않았던
소나무
가지 부러지는 소리에 깨어난 아침

맨드라미 마른 꽃 대궁 핑크빛 꽃물 배어 나옵니다
처마 밑 고드름 생각 없이 매달렸다 떨어집니다
곤줄박이 한 무리 매자나무 앉으려다
부서지는 눈보라에 허공으로 사라집니다

아궁이 앞에는 부지깽이가
난로 위에는 가시오가피 우린 물이
마당엔 눈사람이
고즈넉하니 눈부십니다

시의 씨앗

차진 눈이 밤새 또 내렸습니다. 쌓인 눈을 이기지 못한 소나무 부러지는 소리에 선잠을 잔 아침이지만 화전마을 풍경은 눈길 가는 곳마다 그림입니다.

옛날 고향인 물안골에서는 눈이 내리면 아름드리 소나무가 눈에 못 이겨 굉음을 내며 쓰러졌다고 입에 거품을 물며 설명을 해도 피식, 콧방귀를 뀌던 옆지기가 이제서야 거짓이 아님을 알게 되었습니다.

텔레비전도 나오지 않는 캄캄한 밤, 하필이면 그때 뒷산에서 쩌억 쩍~, 굉음을 내며 소나무 부러지는 소리가 들립니다. 시골살이에서는 겨울마다 견뎌 내야하는 풍경입니다.

차진 눈이니까 마당에 눈사람을 만들기로 합니다. 이왕이면 선녀같이 예쁜 눈사람을 만들어봅니다. 세숫대야로 눈 벽돌을 찍어서 탑을 쌓듯 몸체를 만듭니다. 가슴은 생략합니다. 어느 핸가 C컵 눈사람을 만들었다가 옆지기의 싸한 분위기에 추웠던 경험이 있기 때문입니다.

놀란 닭들도 잠 못 이룬 채 밤새 알 낳는 소리 허투로 지르더니 닭장문을 열어주자 온통 눈으로 덮인 마당이 낯설고 신기한가 봅니다. 어리둥절하더니 이내 눈을 쪼아 먹습니다.

살둔마을에 꽃이 피고 시가 되고

윗집 누렁이가 발정이라도 난 듯 쓸데없이 컹컹, 짖는 소리에 비닐하우스에 뭉쳤던 눈이 풀썩, 미끄러집니다. 산중턱에서는 소나무 가지에 얹힌 눈이 잘게 부서지며 눈부시게 흩날립니다.

맨드라미 마른 꽃 대궁에서는 핑크빛 꽃물이 배어나옵니다. 처마 밑에서는 고드름이 생각 없이 매달렸다가 떨어집니다. 곤줄박이 한 무리가 매자나무에 앉으려다가 부서지는 눈보라에 놀라 허공으로 사라집니다.

아궁이 앞에는 부지깽이가 시커먼 끄트머리를 눈 속에 감추고서 해맑게 서 있고, 난로 위에는 가시오가피 우린 물이 구수하게 끓고 있습니다. 마당에 눈사람이 고즈넉한 시간에 하냥 눈부십니다.

고드름

그대 보고픈 마음
단단하게 여물어
어디든 닿겠다는
내리사랑
뾰족해지고

매달린 마음
이제는 놓아야지
네게로 흐르고
반가사유 빛
네게 시릴까

살둔마을에 꽃이 피고 시가 되고

제4부 '하얀'의 성분 얼음 위에서 길을 찾다

살둔마을에 꽃이 피고 시가 되고

시의 씨앗

눈물이 흐르다 슬픔에 겨우면 고드름으로 굳어지는 걸까. 처마 밑에 고드름이 한쪽 팔 길이만큼 자랐습니다. 추위 속에서도 햇살은 고드름을 이렇게 키워놓았습니다.

추위와 눈길에 고립된 생활입니다. 마당 밖을 나가본 지가 엿새가 넘어갑니다. 답답해서 마당에 나갔다가도 온몸에 느껴지는 영하의 날씨에 진저리만 치며 얼른 들어오곤 합니다. 추위만큼 고드름은 더 단단해지겠지요. 고립된 마음에 그리움만 깊어지는 겨울입니다.

혼자 놀기

솔향기에 반해
소나무처럼 푸르게
살고 싶었는데
함박눈 하염없이
솔가지 위에 쌓이는 밤
눈처럼 하얗게 살다가
진달래나무 뿌리에
내 진홍색 모두 쏟아내고
꽃잎처럼 시들어도
괜찮지 싶다

파란 하늘아래 눈부신 살둔마을이 경이롭습니다. 바람이 멈춘 햇살만의 시간, 누구도 오지 않는 오지에서 혼자 놀기로 시간을 보냅니다.

돌이켜보면 혼자였던 때가 참 많았습니다. 고향 떠나 서울에서 처음 적응기에도 그랬고, 무작정 떠났던 제주도에서 일 년 동안 생활했던 것도 그랬고, 집에 불이 나서 한 달 동안 차에서 잠을 자야 했을 때도 그랬고, 겨우 빌린 돈으로 조그맣게 사업을 시작할 때에도 그랬던 것 같습니다.

가난한 형편을 숨기고 살아남으려면 약점을 들키지 말아야 한다는 생각이었고, 누군가와 어울리다보면 예기치 않게 약점이 드러나지는 않을까 얕은 생각에 늘 혼자이기를 자초했던 시간이었습니다.

혼자 놀기에 익숙한 DNA가 어느새 굳어졌는지 이곳 오지에서도 여전히 혼자여도 괜찮은 시간입니다. 따지고 보면 혼자 놀기에 열중할 때에도 뒤에서 늘 챙겨준 옆지기가 있었을 텐데 모른 체 지나치며 살아온 건 아닌지 돌아봅니다.

혼자라는 건 나만의 생각이었고 스스로 고립을 자초한 삶인지도 모르겠습니다. 주위를 둘러봅니다. 혼자라는 생각을 벗어버리자 하늘은 더욱 파랗고 차가운 바람이 스치는 것조차 따스한 누군가의 손길로 느껴집니다.

올곧게 서 있던 소나무가 푸르게 웃어주고 말라버린 줄 알았던 천일홍이 눈 속에서도 수줍게 미소로 맞아줍니다. 혼자였지만 혼자가 아니었습니다. 주위의 모든 사물이 친구가 되고 인연이 되고 나를 둘러싼 삶의 이야기가 됩니다.

파란 하늘이 눈부셔 온갖 친구들이 그림자를 앞세워 손을 내미는 날입니다. 혼자 놀다보니 어느새 정오입니다. 하늘은 참 푸르고 맑습니다.

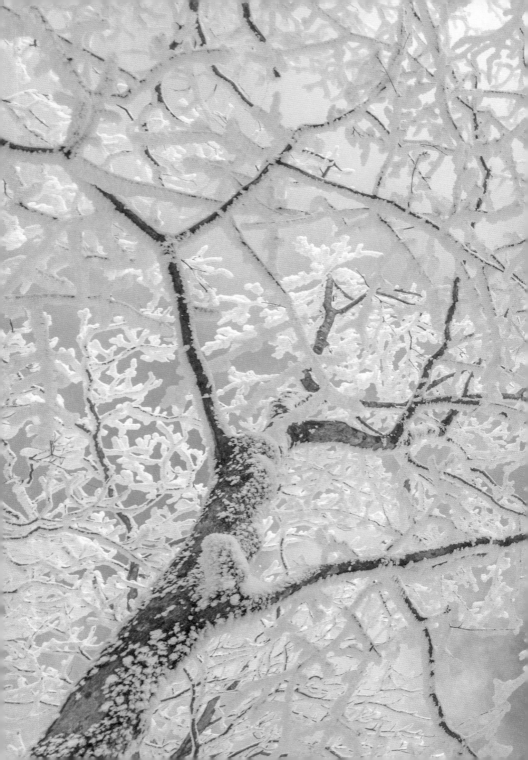

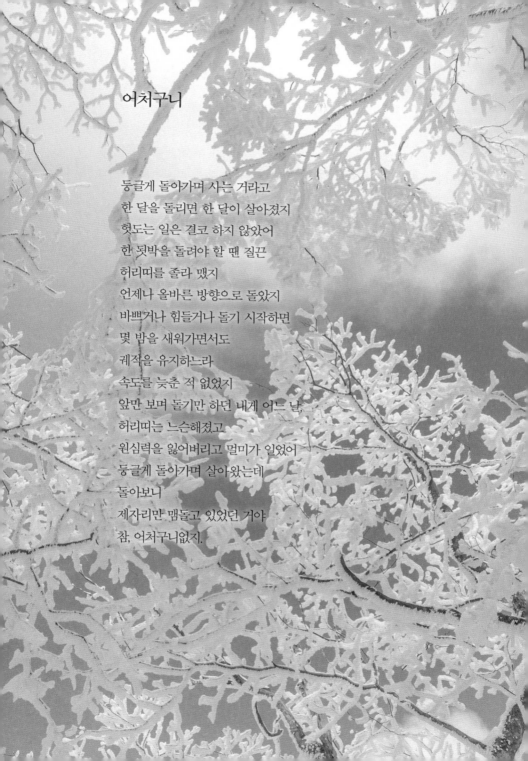

어처구니

둥글게 돌아가며 사는 거라고
한 달을 돌리면 한 달이 살아졌지
헛도는 일은 결코 하지 않았어
한 뎃박을 돌려야 할 땐 질끈
허리띠를 졸라 맸지
언제나 올바른 방향으로 돌았지
바쁘거나 힘들거나 돌기 시작하면
몇 밤을 새워가면서도
궤적을 유지하느라
속도를 늦춘 적 없었지
앞만 보며 돌기만 하던 내게 어느 날,
허리띠는 느슨해졌고
원심력을 잃어버리고 멀미가 일었어
둥글게 돌아가며 살아왔는데
돌아보니
제자리만 맴돌고 있었던 거야
참, 어처구니없지.

영하 11도면 홍베리아는 따뜻한 날에 속합니다. 따뜻한 날이니까 마당에 불 피우고 시래기고도 삶고, 다래나무도 삶습니다. 다래나무로 코뚜레를 만들고 굵게 'ㄱ'자로 생긴 것으로는 어처구니를 만들 겁니다. 반질반질하게 껍질을 벗겨 내려면 두어 시간을 가마솥에 푹 삶아야 합니다. 사는 게 온통 삶이니까. 삶아봅니다.

아궁이 앞에 쪼그리고 앉아 부지깽이로 불 조절을 해가며 주전부리를 합니다. 이곳에서 빚은 꽃차를 가지고 지인들과 물물교환으로 배달된 은행알을 굽습니다. 통통하게 살이 찐 은행알, 일부러 알이 꽉 차고 실한 것으로 보내 주었겠지요. 나눔의 마음은 모두 꽉 찬 정성입니다. 맛소금 조금 쳐서 먹는 은행알이 막걸리를 부릅니다. 벌여 놓은 일은 이제 시작인데 막걸리만 연거푸 마시게 됩니다. 참 어처구니없죠.

양철지붕 원주민

꽃샘추위 묻어오는 편서풍
상고대 눈부신 풍경 흐트러집니다

혹한기 도시에서 보내고
돌아온 양철지붕 앞집 어르신
사과 다섯 개, 김 두 봉지, 꽃차 한 팩 들고
마중 갑니다

부엌엔 장작더미 채곡채곡 쌓여 있고 불기 없는 아궁이 할 일 없어
엎어져 있는 다라이 양철지붕 낙숫물 똑똑 덩그러니 서 있는 항아리
살얼음 동치미 익고

서걱거리는 마른 대궁 아주까리 씨앗 한 움큼 훑습니다
오늘은 보름달 유난히 밝겠네요

시의 씨앗

꽃샘추위에 묻어오는 편서풍은 상고대 눈부신 풍경을 흐트러트립니다. 혹한기를 도시에서 보내고 독립군처럼 돌아온 양철지붕 앞집 어르신께 사과 다섯 개, 김 두 봉지, 꽃차 한 팩을 들고 인사차 마중을 갑니다.

양철지붕에 사시는 어르신은 이곳에서 나고 자랐습니다. 살둔마을의 산 증인인 거죠. 멀찍이 바라보기만 해도 따뜻한 양철지붕집, 그 집을 향해 걷는 길이 아련합니다.

누렁이 요란히 짖는데 인기척이 없습니다. 귀가 어두운 어르신이라 큰 소리로 불러도 양철지붕에서 낙숫물만 떨어집니다. 덩그러니 서 있는 항아리 하나, 살얼음 언 동치미 익고 있겠다 싶어 눈길로 뚜껑을 열고 양재기 가득 마음으로 들이켭니다.

살둔마을에 꽃이 피고 시가 되고

부엌엔 차곡차곡 쌓여있는 장작더미랑, 장작이 고팠을 아궁이, 할 일 없어 엎어져 있는 낡은 그릇들, 문득 고향집에 들렀을 어느 순간처럼 손 때 묻은 그림이 고즈넉하게 떠오릅니다.

문지방 옆에 봉다리 놓아두고 돌아 나오는 길, 서걱거리는 마른 대궁에서 아주까리 씨앗 한 움큼 훑습니다. 유월쯤이면 양철지붕 어르신 댁에서 가져온 아주까리 새싹이 밭두렁에서 올라오겠지요.

아주까리는 아주 가까운 이웃이라는 것, 삼월의 하늘은 피부색부터 파랗습니다. 오늘밤 보름달 유난히 밝겠지요.

네 얼굴엔 시가 있어

마당에 달이 환하게 켜진 밤
문득 여기가 어딜까

차가운 평상에 누워
나뭇가지 사이로 총총 빛나는 별을 올려다보다가
귓밥 잔털 스치는 바람을 느껴 보다가
그냥 그렇게
달빛에 물들며 지난날을 기웃거려봅니다

네 얼굴엔 시가 있어
선배 시인의 한마디에
마시던 술잔을 내려놓고 화장실로 달려가
펑펑 흘렸던 눈물,
그 내면을 만나고 싶었습니다
문득 나를 만나고 싶었습니다

돈을 목적으로 하는 시간은 늘
두드러기같이 부담스러웠나 봅니다
사방이 산으로 둘러싸인 오지
달빛으로 물들기엔 좋은 곳
보름달이 사나흘 더 머물러도 좋은 곳

고드름 굵어지는 소리에 달빛이 물러서는 곳
바람은 선뜻 일어서서 고라니 귀를 의심케 하는 곳

마음을 하얗게 비우지 못해서
달빛과 별빛과 주변 풍경과는 자주 겉도는 모습이지만
저 깊은 우주를 바라보는 것만으로도
달빛에 한걸음 이염(移染)되는 느낌입니다

달빛에 얼른 물들어서 달빛 고운 이야기를 들려주고 싶습니다
별빛에 얼른 물들어서 별빛 고운 이야기를 들려주고 싶습니다
바람이 실어다 준 소문의 진의를 전하면서
그렇게 또 한해를 보내게 되면 그만이겠습니다

시의 씨앗

사업을 접고 시를 써야 하나? 겨우 일궈온 사업을 접고 나는 시를 쓰며 살아갈 수 있을는지 고민이 깊었습니다. 시를 접고 경제활동을 하는 시인은 많다는데 어쩌자고 나는 그 반대의 행보를 염두에 두고 있는지 생각이 많았습니다.

홍천강이 내려다보이는 중방대리 야트막한 산 정상 분지에 흙벽돌로 지은 작은 집에는 초저녁에도 달이 휘영청 밝았습니다. 일부러 호롱불 켜고 어둑한 아랫목에서 무언가를 끄적거리기 시작했습니다. 어느 때는 낙서였다가, 어느 날은 제법 시로 다가왔다가, 또 어느 날은 구겨져 파지로 뒹굴기도 하였습니다. 네댓 번의 계절이 그렇게 지나가고 시가 되지 못한 파지를 마당 한 편 땅에 묻었습니다.

달빛은 자주 마당을 서성거렸고 온기를 머금은 바람이 먼 데 소식을 놓고 가는지 파지를 묻었던 마당 귀퉁이에서 반가운 새싹이 돋아났습니다. 시인이란 나무가 자라고 있었습니다. 그러나 시인이란 옷은 내겐 늘 어울리지 않는 의상 같았으므로 문학행사에서는 자주 쭈뼛거렸습니다.

"네 얼굴엔 시가 있어" 선배 시인의 말이 쭈뼛거림 속에서도 명징하게 들려왔습니다. 그 말을 듣는 순간 가슴 저 밑바닥에 쟁여져 있던 울음이 뜨겁게 솟아올랐습니다. 아, 나도 시인으로 살아도 되겠구나, 누군가에겐 나도 시인으로 보일 수 있구나, 사업을 접고 시를 쓴다는 핑계로 시골살이를 해도 되겠구나.

살둔마을에 꽃이 피고 시가 되고

울음을 쏟아내자 마음이 가벼워졌습니다. 남을 의식하느라 나를 챙기지 못한 내 허울의 그림자가 보였습니다. 지친 나의 모습이 이제야 눈에 들어왔습니다.

장맛비가 참았던 눈물을 쏟아내듯 시원하게 내립니다. 비 그치고 나면 살둔마을은 더욱 푸르고 골마다 맑은 물 넘쳐나겠지요. 그림자 밝게 웃습니다.

살둔마을에 꽃이 피고 시가 되고

쥐불놀이

깡통에 관솔 피워서
쥐불놀이 환호성 소원 빌고
논바닥 한가운데
돌리던 깡통
하늘 향해 던지면
불꽃놀이

군데군데 구멍 난
나이롱 잠바 불 냄새
초가집 살그머니 들어가
등잔 밑 호박씨 까먹느라
새카맣던 콧구멍

너른 마당
달과 나
질 수 없어 휘이휘이 쥐불놀이
1반애들 2반애들
다 어디 가고
고향 논둑길
그 보름달

시의 씨앗

　정월 대보름, 휘영청 밝은 달빛이 마당에 가득합니다. 깡통 옆구리에 칼집을 내고 철삿줄로 손잡이를 달면 쥐불놀이 장난감이 됩니다. 깡통마저 귀하던 시절, 통조림 깡통을 구하러 돌아다니다가 녹슨 깡통 하나 주우면 보름달처럼 환해지던 마음이었습니다.

　소나무 옹이, 그러니까 관솔을 잘게 쪼개서 깡통에 넣고 돌립니다. 활활 타오르는 불덩이를 원을 그리며 돌리면 지상에서 달이 뜬 것처럼 온 동네가 환해졌습니다. 1반과 2반이 서로 환하게 돌리려고 불싸움에 열중하다가 잘게 쪼갠 장작개피가 거의 다 타 들어가면 냅다 하늘을 향해 불꽃놀이로 던졌습니다.

살둔마을에 꽃이 피고 시가 되고

얼음 위의 길

북한강이 얼어 단단해지면 새로운 길이 열립니다
고요가 여문 길
공평한 길
유년의 길

읍내까지는 평지길입니다 리어카에 참나무 장작 가득 싣고 장에
팔러 가는 길 아버지는 앞에서 나는 뒤에서 끌며 밀며 가는 길 장터
한편에 기다리는 따끈한 국밥 한 그릇 사이다 한 병도 고등어 한 손
도 신문지에 둘둘 말린 돼지고기 한 근도 기다리고 있습니다 초원다
방 붉은 전구 아래 계단 내려가면 입술 빨간 레지 무릎 맞대고 쌍화
차에 노른자 아버지 환환 미소 낯선 표정 밤늦도록 벌겠습니다 횃불
하나 들고 마중 나온 어머니 아버지 콧노래 어느 순간 진지해져 아이
구 오늘은 나뭇값을 얼마나 후려치는지 원 제값 못 받고 겨우 팔았네
캄캄한 위기 겨우 넘기었던

저 물길
눈부신 윤슬

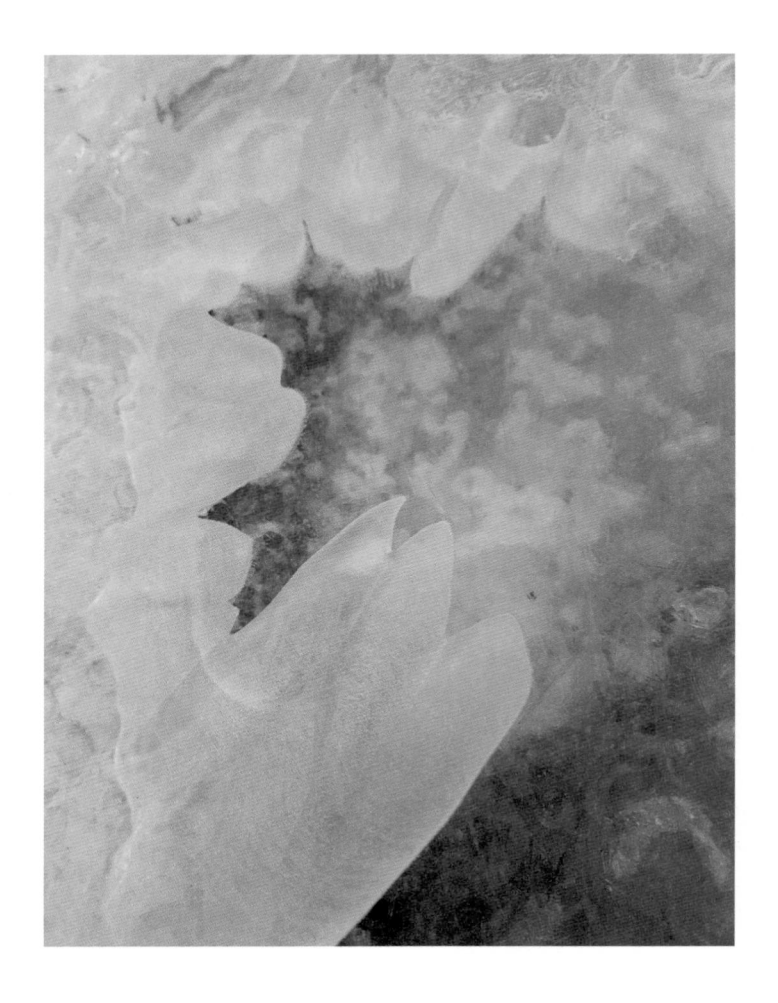

시의 씨앗

　고향 화천과 이곳 홍천에선 겨울축제가 한창입니다. 얼음판 위에서 펼쳐지는 축제는 유년의 추억이 얼어있습니다.

　북한강이 얼음으로 단단해지면 누구도 가보지 않았던 새로운 길, 마음의 수평선처럼 고요가 여문 길, 누구나 공평하다는 듯, 굴곡도 언덕도 없이 평평한 길이 열렸습니다.

　군데군데 보이지 않는 숨구멍을 잘 피하고 미끄러워 넘어지는 일만 조심하면 읍내까지는 평지 같은 길이었습니다. 리어카에 참나무 장작 가득 싣고 읍내 장터로 팔러 가는 길, 아버지는 앞에서 끌고 나는 뒤에서 밀며 가는 길, 가로등 하나 없는 광활한 그길 끝에는 시장골목 한편에 따끈따끈한 국밥 한 그릇 기다리고 있었습니다. 어느 날은 간단하게 사이다 한 병이, 또 어느 날은 고등어 한 손이, 신문지에 둘둘 말린 돼지고기 한 근이 기다리기도 했습니다. 또 어느 날인가는 초원다방 붉은 전구가 입구를 비추는 계단을 내려가서 입술 빨간 레지와 무릎을 맞대고 쌍화차에 노른자를 터트리며 환한 미소로 대화를 나누던 아버지의 낯선 표정이 밤늦도록 벌개진 적도 있었습니다.

　쿠릉쿠릉, 얼음 갈라지는 소리 발밑을 지나고 보이지 않는 숨구멍을 피하느라 가슴 졸이는데 저만치 횃불하나 어른거립니다. 마중 나온 어머니의 횃불입니다. 불빛이 가까워질수록 콧노래 흥얼거리던

　살둔마을에 꽃이 피고 시가 되고

아버지는 진지해지고 나는 진지해져야 한다는 걸 본능으로 알았습니다. "아이구 오늘은 나뭇값을 얼마나 후려치는지 원, 제값도 못 받고 겨우 팔았네" 굴곡 하나 없는 그 길에도 울퉁불퉁 돌발 상황이 나타났고 캄캄한 숨구멍에 풍덩 빠질 뻔한 위기를 겨우 넘기기도 했습니다.

저 물길, 시시한 축제의 장이었던 길, 봄이 되면 아무 일 없다는 듯 푸르게 흐르겠지요. 내 유년의 눈부신 윤슬.

한밤중에 먹는 동치미 국수

밤은 더 길어지고
그대 생각도 길어지겠지

보고픈 마음 펼치면
그대 고운 마음에 닿을까

어느새 산을 넘는
달빛, 별빛.

시의 씨앗

    지난가을 김장하고 남은 무를 항아리에 소금만 쳐서 짠지를 담갔습니다. 조릿대로 입구를 막아주고 주먹보다 큰 돌멩이로 지그시 눌러 주었습니다.

    겨울밤은 길어서 저녁 먹고 난 후인데도 입이 궁금해집니다. 후레쉬 앞세우고 바가지 하나 챙겨서 캄캄한 마당을 지나서 저온창고 문을 엽니다. 항아리 뚜껑을 열자 조릿대는 풀이 죽어있고 돌멩이는 반신욕을 하다 들킨 듯 무표정으로 수줍습니다. 잘 익은 무 두어 개 꺼내고 조릿대를 빗겨가며 국물도 두어 국자 떠서 항아리 뚜껑을 닫고 돌아섭니다.

    짠지, 동치미랑 비슷하지만 강원도식은 그리 크지 않은 무를 골라서 소금으로 간을 맞춥니다. 시래기와 참나무 숯, 그리고 빨간 고추 대여섯 개를 항아리에 넣고 지하수 차가운 물을 채우고서 추운 겨울을 보내면 무는 무대로 국물은 국물대로 저온으로 숨을 쉬며 깊은 맛이 우러납니다.

    어릴 적, 장작불로 뜨끈한 아랫목에서 동네 어른 여럿이 화투를 쳤습니다. 피박 쓰고 열 받고, 돈 잃고 성질나고, 엉덩이 뜨거울 때쯤 어머니는 이렇게 동치미에다가 국수를 말아 내왔습니다. 좁은 방구석에서 화투판 밀어놓고 동네 어른 네댓 틈에 끼어서 얻어먹던 국수 맛, 그 잊을 수 없는 맛. 턱 괴고 어깨너머로 화투판을 내내 지키고 있었던 것은 동치미 국수를 얻어먹기 위해서였죠.

　오랜만에 동치미 국수 한 그릇 먹는데 그 옛날 화투판을 두드리던 옛 어른들 모습이 아련합니다. 한밤중 살얼음 깨고 동치미 국수 삶아내던 내 어머니 그리운 밤입니다.

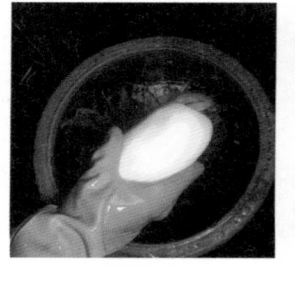

사이렌

산 넘어온 달빛
창문 기대 방안 가만히 훔쳐보는 소리
따라 내려왔던 안개
거미줄에 걸려 몸 추스르는 소리
까마귀 오줌통
이따금씩 불어대는 바람에 요강 비우는 소리
마지막 이파리
한 손으로 매달려 있느라 용쓰는 소리
가지치기 소나무 옹이
몽글몽글 송진 반죽하는 소리
배고픈 고라니
어둠 밀고 내려와 울타리에 걸린 시래기 눈독 들이는 소리
유성
별 숲 가르느라 불꼬리 길게 늘어뜨리는 소리
접동새
울다울다 목이 말라 잠깐 침 넘기는 소리
계곡 달팽이
바위틈에서 나오다 헛발 디뎌 물살에 떠내려가는 소리
열목어 쫓던 수달
허탕치고 한심한 듯 주둥이만 닦아대는 소리
방안에 들여놓은 화분

살둔마을에 꽃이 피고 시가 되고

새순 돋아나다가 엉거주춤 추는 소리
술 담근 노박열매
빨갛게 만취 입에 거품 물고 스러지는 소리
머리맡 자리끼
살얼음 어는 소리

겨울밤이 깊어간다고
일제히 울리는 경고음

시의 씨앗

계곡이 온통 투명한 얼음으로 단단해졌습니다. 얼음은 겨울의 또 다른 표정, 물의 몸짓으로 추위를 이겨내는 겨울의 속 깊은 방식입니다.

어린 시절, 추운 겨울을 날 수 있었던 것은 아마도 얼음 때문이 아닐까 합니다. 마을 앞을 굽이쳐 흐르는 북한강에 얼음이 얼면 조선낫으로 투박하게 깎은 팽이를 쳐 대다가 앉은뱅이 썰매를 타다가 또래 아이들이 여남은 명 모이면 얼음 축구로 시간을 보냈습니다.

어느새 해는 기울고 바짓가랑이는 온통 축축하게 젖었습니다. 모닥불 피워놓고 젖은 옷이며 양말을 말리다보면 나일론 양말 뒤꿈치에 어느새 구멍이 생기고 회초리 맞을 생각에 추위 따윈 겨를이 없었습니다.

초가집 굴뚝에서 피어오르는 연기가 허기를 부채질합니다. 컹, 컹, 덕구 짓는 소리가 앞산에 부딪칩니다. 눈깔사탕만 한 함박눈이 내리기 시작합니다. 온종일 떠들어대던 아이들 놀이터가 하얗게 지워지는 저녁이었습니다.

살둔마을에 꽃이 피고 시가 되고

그림풍경

월둔마을 그림풍경 화실에서
이젤은 옆으로 밀어놓고
연탄난로 끼고 앉아 수다를 그리는데
창밖엔 눈이 내립니다

함박눈 속절없이 풍경을 지우고
문밖에는 홀로 선 삽살개가
윗집 누렁이를 그리워하는지
애틋한 눈길 하염없습니다

그림보다 더 그림 같은 풍경
연탄난로보다 더 따뜻한 수다
커피향보다 진한 사람 사는 냄새
그림인 듯 풍경인 듯
액자에 갇혀서
빠져 나올 줄 모릅니다

월둔마을 그림풍경 화실에서
그림 속에 갇힌 그림처럼
수채화 같은 삶의 한 자락이
세월 위에 걸립니다

살둔마을에 꽃이 피고 시가 되고

제4부 '하얀'의 성분 얼음 위에서 길을 찾다

살둔마을에 꽃이 피고 시가 되고

시의 씨앗

월둔마을 그림풍경 화실로 마실을 갑니다. 10여 년 전 이곳에 터를 잡고 작품 활동을 하는 소계 선생님께 그림도 배울 겸 차 한 잔 마실까 하는 생각입니다. 화실에서 마시는 커피 한 잔은 그림이겠다 싶어서 눈이라도 곧 내릴 것 같은 습한 구름을 이고서 길을 나섭니다.

살둔마을의 그림 같은 풍경을 그림으로 저장할 수 있었으면 하는 바람이 문득 화실로 향하게 하였는지도 모릅니다. 동네 수다방처럼 넓직한 화실에는 마을 주민들이 그리다만 미완성 그림이 이젤에 기댄 채 붓놀림을 기다리고 있습니다.

연탄난로를 끼고 둘러앉아 커피를 마시는데 익숙한 음악이 흐르자 창밖으로 눈이 내리기 시작합니다. 새파랗게 질렸던 소나무 한 그루가 추운 표정을 금세 지우고 환해집니다. 신나야 할 삽살개는 윗집 누렁이를 그리워하는지 애틋한 눈길 하염없습니다.

그림보다 더 그림 같은 풍경, 사랑보다 더 애틋한 표정, 연탄가스보다 진한 커피 향이 어우러져 시간이 눈 속에 갇힙니다. 풍경이 액자 속으로 들어옵니다. 사람들은 액자에 갇혀서 빠져나올 줄 모릅니다.

살둔마을에
꽃이 피고 시가 되고

1판 1쇄 펴낸날 2019년 10월 10일

지은이 한길수
펴낸이 이민호
펴낸곳 봄싹
출판등록 제2019-16호
주소 10442 경기도 고양시 일산동구 일산로 142, 427호(백석동, 유니테크빌벤처타운)
전화 02-6264-9669 | **팩스** 0504-342-8061 | **전자우편** book-so@naver.com

ISBN 979-11-965212-5-7 03810

봄싹은 **북치는소년**의 인문교양 브랜드입니다.
응달에 버티고 선 겨울의 옹어리들 속에서 싹을 틔우겠습니다.